自然文学随笔

GAO YUAN SHANG DE NA XIE

高原上的那些

NIAO

鸟儿

ER

龙仁青 著

青海人民出版社

图书在版编目（CIP）数据

高原上的那些鸟儿 / 龙仁青著 . -- 西宁 : 青海人民出版社 , 2019.12（2020.12 重印）
ISBN 978-7-225-05938-9

Ⅰ . ①高… Ⅱ . ①龙… Ⅲ . ①散文集—中国—当代
Ⅳ . ① I267

中国版本图书馆 CIP 数据核字 (2019) 第 278123 号

高原上的那些鸟儿

龙仁青　著

出 版 人　樊原成
出版发行　青海人民出版社有限责任公司
西宁市五四西路 71 号　邮政编码：810023　电话：（0971）6143426（总编室）
发行热线　（0971）6143516 / 6137730
网　　址　http://www.qhrmcbs.com
印　　刷　陕西龙山海天艺术印务有限公司
经　　销　新华书店
开　　本　787 mm × 1092 mm　1/32
印　　张　6.375
字　　数　90 千
版　　次　2019 年 12 月第 1 版　2020 年 12 月第 2 次印刷
书　　号　ISBN 978-7-225-05938-9
定　　价　36.00 元

百灵鸟，就像是一个深藏不露的世外高人，
以褴褛的布衣和脸上肮脏的土灰有意掩盖自己的高贵，
但内心却装满了不容侵犯的尊严。

目录
contents

爱情：鸟鸣里的缠绵 1
百灵鸟：掩去高贵的布衣歌者 31
孤鸟 71
鸟儿中的土著们 85
三江源的最佳状态 95
他乡故知是麻雀 127
一只鸟儿的名字 161

爱情：鸟鸣里的缠绵

ai qing: niao ming li de chan mian

我们在仓央嘉措的诗歌中看到了众多的飞鸟，它们舞动的翅羽和啁啾的鸣唱，装点在他的故乡的土地之上，以一种特有的声像效果，与仓央嘉措一起表达着对故乡的怀念，以及心中那份绵绵不绝的爱恨情仇。

1. 野鸭

野鸭恋上了湿地，
想做短暂的休憩，
寒冰却封冻了水面，
只留下满腹的失意。

一只可怜的野鸭孤独地游荡在仓央嘉措用诗歌营造出的一片湿地之中，湿地里鱼虫繁多，水草肥美。由于对这片沼泽湿地的过于留恋，它错过了与同伴一起南飞的时机，转瞬间已是冬天来临，水面封冻，凄冷的寒风中，野鸭这才感到孤苦伶仃，无奈和失意涌上心头……

诗歌中的这只野鸭，应该是赤麻鸭。

赤麻鸭亦称“黄鸭”“红鸭”，属雁形目，

鸭科。繁殖于新疆、内蒙古、青海及西藏等地,在华北、华南、西南及黄海的沿海滩涂一带越冬。该鸟通体呈橙黄色，略带棕色，头和颈羽色较淡，呈淡黄色或淡灰色，翼和尾黑色，翼上覆羽为白色。雄鸭生殖季节有黑色的颈环。雌鸭没有黑色颈环,头部灰色或白色。幼鸟与雌鸭体羽基本相似,但体色偏暗。眼棕色，嘴黑色，腿和脚红色。赤麻鸭形态优美，为重要的观赏鸟。

赤麻鸭喜欢栖息在清静的大河或沿海滩涂湿地，除生

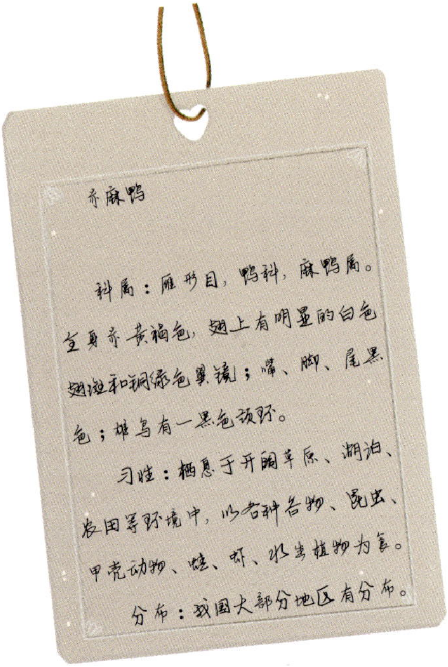

赤麻鸭

科属：雁形目，鸭科，麻鸭属。

全身赤黄褐色，翅上有明显的白色翅斑和铜绿色翼镜；嘴、脚、尾黑色；雄鸟有一黑色颈环。

习性：栖息于开阔草原、湖泊、农田等环境中，以各种谷物、昆虫、甲壳动物、蛙、虾、水生植物为食。

分布：我国大部分地区有分布。

殖季节外，极少到湖、池或水域中，有时亦与大雁共栖息在滩涂、草地。该鸟善于步行，飞行迅速。其食性以素食为主,繁殖季节亦吃昆虫、软体动物、甲壳类、小鱼以及两栖小动物等。

在西藏，赤麻鸭主要活动于拉萨河谷、雅鲁藏布江流域及西藏各地的湿地，西藏已将赤麻鸭列入省级重点保护野生动物。

西藏湿地资源极其丰富。据统计，西藏自治区境内面积达到一定规模的湿地有上千处，总面积达 600 多万公顷，约占全自治区土地面积的 4.9%。有关专家说，这些湿地不仅是青藏高原的“物种基因库”和重要的氧气补给源，也是保持地下水位、增加湿润度和维持生态平衡的重要“补给器”。

为了保护高原湿地环境，近年来，西藏自

治区政府加大对湿地的保护措施。世界海拔最高、面积最大的城市湿地——拉萨市拉鲁湿地已被列入国家级自然保护区。据专家推算，仅拉鲁湿地每年通过光合作用就可吸收二氧化碳 7.88 万吨，产生氧气 5.37 万吨。拉萨市空气质量优良天数每年都在 300 天以上，优良率达 90% 以上。

“西藏湿地保护行动计划”正式启动以来，湿地环境得到显著改善，黑颈鹤等大批候鸟每年都到西藏过冬。

如今，随着湿地的保护，以及人们保护野生动物意识的提高，赤麻鸭等一批候鸟的生存环境得到了极大改善，象征着仓央嘉措感情生活和政治生活的这只可怜的赤麻鸭的后裔们如今生活得很安稳了。

2. 杜鹃鸟

杜鹃从门隅飞来，
带来了春的信息，
我和情人相见，
身心也变得惬意。

杜鹃鸟

科属：鹃形目，杜鹃科。又名布谷鸟。有大杜鹃、三声杜鹃、四声杜鹃等种群。

习性：栖息于山地、丘陵和平原地带的森林中，有时也出现于农田和居民点附近高大的乔木上，以各种昆虫为食，有巢寄生现象。

分布：我国大部分地区有分布。

门隅，诗人的故乡。此刻，在诗人的诗意冥想中，一只杜鹃鸟从他的故乡起飞，飞到了圣地拉萨。此刻是春天，万物复苏，春意盎然。在这个季节，青春年少的仓央嘉措品尝到了爱情的甜蜜与酸涩。

杜鹃鸟属鹃形目，杜鹃科。我国有 17 种，其中大杜鹃属夏候鸟，因其叫声似“布谷”，又称布谷鸟。常见的还有四声杜鹃、中杜鹃、小杜鹃等。杜鹃是食虫益鸟，尤其嗜食毛虫。在西藏，杜鹃鸟主要见于山南、昌都、墨脱等地。

在仓央嘉措的故乡山南，有一座古庙叫恰萨拉康。旧时，每每到了藏历三月十五日，西藏地方政府就从拉萨派两名僧俗官员前往该庙，在这里举行迎接杜鹃鸟飞来的仪式。迎接仪式在该庙的属地林卡里举行。举行迎请仪式时，几个供盘里分别放置着西藏自产的青稞、小麦、豌豆等谷类，还有两盏黄铜制成的酥油供灯，藏语叫“科尤雀美”，意为“供奉杜鹃鸟之灯”。

这种仪式，一定要等到杜鹃鸟出现在树林里，听到杜鹃鸟叫声后，才能结束。当布谷鸟飞抵林卡的时候，林卡处处燃起吉祥桑烟，僧俗官员和百姓要向它跪拜，请它品尝青稞酒、酥油茶和各种供品，保佑雪域高原雨水充沛、庄稼丰收。

据说一些藏医、星象师和经验丰富的老农，还能从杜鹃鸟的叫声里预测一年雨水的多少、年成的好坏。而且，当布谷鸟叫声传来的时候，人们都不能躺在床上，不然，将终年卧病不起，也许，这是对懒人的告诫。

另外，热振寺在每年藏历四月十五日也举行杜鹃鸟供奉日，并且还要举行隆重的宗教跳神活动，以求赐福。

杜鹃鸟，是仓央嘉措的诗歌中出现频率较高的一个意象。

山顶的青草已经枯黄，
山下的树木也已落叶，
飞往门隅的杜鹃鸟啊，
你若是燕子那该多好。

杜鹃鸟从门隅飞迁，
为的是对神柏的思念，
神柏却表示出厌烦，

杜鹃鸟只好回转。

汉族民间传说中，杜鹃鸟是蜀国望帝杜宇的化身，他死后，魂魄化为啼血的杜鹃鸟。这种鸟啼声悲切、凄厉，据《本草纲目》载："其鸣若曰：'不如归去！'"因而，它和思国、思乡、思人所产生的愁怨伤痛结下了不解之缘。从楚辞、唐诗、宋词到元代散曲，除了杜鹃这一通称外，还冠之以子规、啼鹃、啼鸟、蜀鸟、蜀魂、蜀鹃、杜宇等别称。

仓央嘉措上述几首提及杜鹃鸟的诗，无一例外地提到了诗人的故乡门隅，表达了诗人对故乡绵长的思念。在这一点上，仓央嘉措与那些古代诗人、词人有着异曲同工的想法。

3. 印度孔雀

印度东方的孔雀，

工布深处的鹦鹉，

来自不同的地方，

相会在圣地拉萨。

诗人，必然也应该是一个善良、慈悲、充满爱心和同情心的人。仓央嘉措作为一位有着宗教领袖和浪漫诗人双重身份的人，他具备和拥有这些优点。他不仅对人类，而且对所有生命都表现出了超乎寻常的慈爱，因此，他可能也是一位宠物饲养者。

他饲养了一只华美尊贵的孔雀。

那只孔雀来自印度，印度离他的故乡门隅不远。

孔雀在动物学中分类为鸟纲、鸡形目，俗称百鸟之王。古称孔爵、孔鸟，是世界上价

孔雀

科属：鸡形目，雉科，孔雀属。有蓝孔雀、绿孔雀等种群。

习性：栖息于海拔2000米以下的热带、亚热带常绿阔叶林和混交林。尤其喜欢活动于疏林草地、河岸或地边丛林以及林间草地和林中空旷的稀疏草原或有灌木丛、竹丛的开阔地带，从平原地带到高山地带的森林、灌丛中。

分布：柬埔寨、印度尼西亚、老挝等国有广泛分布，我国的西藏门隅等地有绿孔雀分布。

值极高的珍禽之一。孔雀是最美丽的观赏鸟，是吉祥、善良、美丽、华贵的象征。有特殊的观赏价值，羽毛用来制作各种工艺品，很早就被用作佛教和印度教的装饰物。

目前世界已定名的孔雀仅有两种：印度孔雀（亦称蓝孔雀）、爪哇孔雀（亦称绿孔雀）。印度孔雀，主要分布在印度和斯里兰卡，它还有两个突变形态：白孔雀和黑孔雀。

孔雀鸣声洪亮，动听悦耳。雄鸟还能作优美的舞姿，激动时会将尾屏高举展开，支撑在翘起的尾羽上，形如大扇，左右摆动，眼睛灿烂闪烁，甚为美丽，这就是通常所说的“孔雀开屏”。孔雀的开屏其实是受外界刺激的兴奋现象，在繁殖期和非繁殖期均有表现。

孔雀与印度有着千丝万缕的联系。强盛而庞大的孔雀王朝就出现在印度曾经的历史上，这个依靠军事征服建立起来的王朝在阿育王时代发展到全盛时期。阿育王经过多年征战，使王朝版图扩展到除印度半岛最南端以外的整个南亚次大陆，即包括今天的印度、巴基斯坦和孟加拉国。同时，阿育王作为虔诚的佛教徒，在王朝中大力提倡和推行佛教，把佛教尊为国教，佛教艺术因此也在这一时期得到空前发展。

被称为孔雀城的马图拉则是印度历史上佛教艺术繁荣的最著名的中心城市之一。

藏语常以“孔雀闻雷”来形容人们兴奋和愉快的心情和姿态，据说每当孔雀听到雷声就会喜极而开屏，这其实是对外界刺激的反映。在仓央嘉措的诗歌中，孔雀同样预示了他心情的愉悦，一对久别重逢的恋人的身影似乎就隐藏在这首诗里面。

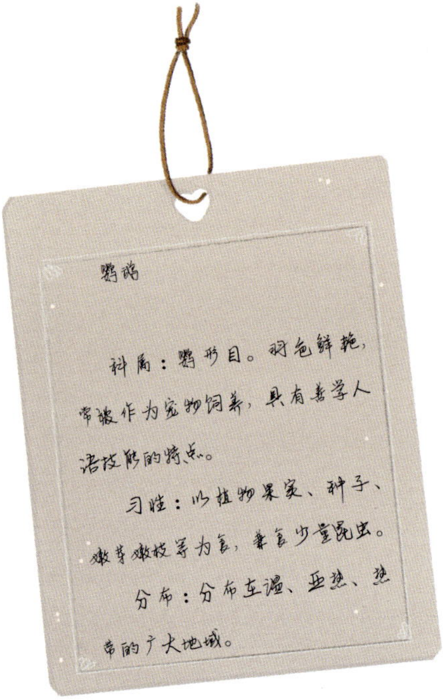
鹦鹉
科属：鹦形目。羽色鲜艳，常被作为宠物饲养，具有善学人语技能的特点。
习性：以植物果实、种子、嫩芽嫩枝等为食，兼食少量昆虫。
分布：分布在温、亚热、热带的广大地域。

4. 鹦鹉

与情人幽会的地方，

在南谷门隅的密林。

除了巧舌的鹦鹉，

没有别人知道。

巧舌的鹦鹉啊，

可不要泄露秘密。

这只鹦鹉，是诗人与一位来自工布的姑娘幽会时，这位姑娘送给他的。由于这个原因，加上鹦鹉的巧舌如簧，它得到了主人更多的宠爱。

这只鹦鹉的全名叫大紫胸鹦鹉或者大绯胸鹦鹉。这种鹦鹉栖息于海拔 4000 米以下的山地阔叶林、混交林和针叶林中，尤其在海拔 2000 至 3000 米的阔叶林和混交林中较为常见。大群活动，飞行急速。主要以树木和植物果实、种子为食，特别喜食松树球果、板栗、青冈、桃核等坚果，以及浆果和谷物等。主要分布区域在我国的广西、四川、云南和西藏等地，在西藏则主要分布在米林、林芝（工布地区）等地，在国外仅见于印度北部。

大紫胸鹦鹉是我国体形最大的一种鹦鹉，它喜欢鸣叫，声音响亮，经过训练可以模仿人言。目前，这一鸟类的分布范围

已经很小，数量更是十分稀少，是国家二级重点保护动物。

而在仓央嘉措时代，这种鹦鹉还是稀松常见的。仓央嘉措记得，那天早晨，他刚刚跟随经师学习了因明学中一些繁杂枯燥的逻辑理论，头晕脑涨地来到一片林地里，来自工布的姑娘早早在这里等他了，还为他送来了这只鹦鹉。看着它翠绿的羽毛和红色弯曲的喙，还有那双圆溜溜转动的小眼睛，仓央嘉措似乎一下清爽了许多。从此，这只鹦鹉就被放在一个玲珑的鸟笼中，挂在诗人的窗棂前，每天的学经和修习结束后，仓央嘉措就开始逗这只鹦鹉取乐，很快，这只鹦鹉就学会了好多人言。

来自工布的鹦鹉，

既然你巧舌能言，

请说我那爱人，

身体是否康健？

送鹦鹉的姑娘返回了工布，诗人十分想念，看着窗前的鹦鹉，写下了这首诗。

欢快的画眉鸟啊，
嬉戏在玉妥柳林，
可愿意和我、鹦鹉，
走一趟工布的东方？

姑娘走了很长时间却没再回来，仓央嘉措被思念煎熬着，竟然决定带着这只鹦鹉，到工布去看望姑娘，虽然对他来说，这是极不现实也不可能的事。

能说会道的鹦鹉，
请你不要言声，
柳林里的画眉，
就要清唱一曲。

姑娘一去杳无音讯，而去看她又不可能，长久的思念变成了痛恨。仓央嘉措把积郁在心的痛恨抛洒在了那只鹦鹉身上……

5. 画眉

诉说衷肠的地方，
是葱翠的柳林深处，
除了画眉鸟儿，
没有他人知晓。

画眉是仓央嘉措最喜欢的宠物，他一共养了两只，并且给它们取了名字。那只不太喜欢鸣叫，显得有些严肃呆板的画眉，诗人给他取了一个庄重华贵的名字：索南华宗，意思是“福运聚集”；而那只总是叫个不停，有些顽皮活泼的画眉，诗人给他取了一个轻松随意的名字：吉吉布赤，意思是“欢喜快乐”。两只鸟都是雌性，所以，那只叫吉吉布赤的画眉鸟的名字里，还含有能够带来一只雄鸟弟弟的意思。“布赤”这个名字，相当于汉族称呼中的招娣、领娣等女孩的名字。当然，吉吉布赤也可理解为“带着孩子享受天伦之乐”的意思。

画眉

科属：鸟纲、画眉科。

习性：栖息于灌丛，常在林下的草丛中觅食，不善作远距离飞翔。鸣声洪亮动听，主要取食昆虫，兼食草籽、野果。

分布：常见于老挝、越南北部和中国的东南沿海地区，是华中、华南、海南及台湾地区的留鸟。

画眉主要分布于东亚地区。在我国，画眉亚科鸟类的种类繁多、数量丰富，素有“鹛类王国”“画眉乐园”之称。分布在西藏的画眉，主要是橙翅噪鹛。橙翅噪鹛隶属雀形目，翁鸟科，画眉亚科，是我国的特产鸟之一。

画眉喜欢晨昏时分在田野林木间鸣唱，叫声明亮悦耳，是鸣鸟中的佼佼者，因此常被捕捉饲养而成为笼鸟。

琼结茂密的柳林深处，
栖息着画眉索南华宗，
只要不往那远处游走，
定有重逢的机遇缘分。

在这只名叫“索南华宗”的画眉鸟背后，蕴含着仓央嘉措的另一段情缘。一位来自琼结的姑娘与诗人有了感情，他们经常在一片密林中幽会，后来姑娘回了家乡琼结。琼结离拉萨不远，诗人相信，他们一定会再次重逢。

那边山上神气的雪鸡，
这边山中娇小的画眉，
此生我们的缘分已尽，
心中只留下尴尬难堪。

可惜，满心的希望再一次成了泡影，仓央嘉措开始怀疑曾经的信誓旦旦。回想起自己那么深信不疑地等待琼结姑娘的归来，心里就有了一种受骗的感觉，一缕尴尬难堪的情绪涌上心头。

画眉吉吉布赤，
藏身在柳林深处，
只因心眼太坏，
扼杀了曾经的恋情。

祸不单行，与那只叫吉吉布赤的画眉有关的那份情缘也断了，仓央嘉措陷入了失恋的痛苦之中……

百灵鸟：掩去高贵的布衣歌者

bai ling niao: yan qu gao gui de bu yi ge zhe

孤独的歌唱

牧人行走在天地之间，广袤的原野从他的脚下延伸而去，一直到遥远的天际。牧人把一只手搭在额际，举目眺望，他看到在原野的尽头，蜃气像流水一样浩荡地流淌着，让远处的一切变了形，走了样。原本坚固挺拔的山峦变得就像是一种流质的物体，在蜃气中时断时续，忽隐忽现。牧人感受到巨大的自然的力量，感受到自己的渺小。而像自然力一样巨大的孤独也时刻不停地向渺小的他袭来，他觉得应该找一个安全的处所藏起来，比如帐篷的火塘一侧，抑或是阿妈满是汗渍和牛奶的膻腥味道的皮袄怀抱，但这一切只是从脑际里一划而过，可望而不可即。

因为他已经长大了。

写下这段文字，忽然发现那个虚构中的牧人，就是我自己。

记得在小时候，在放牧的路上，每当别人家的牧羊犬——一只藏獒愤怒地狂吠着向我奔跑过来时，我心里便充满了恐惧，而这恐惧，与此刻的我——那个牧人心里的孤独何其相似。

记得，我第一次遇到一只藏獒，它拽脱了拴着的铁链，向着我冲过来时，我的阿爸及时赶到，一把拽住正准备落荒逃去的我，定定地站立在原地。因为有了阿爸，我心里的害怕立刻减损下来。那只藏獒冲到离我们大概十步之遥的时候，停下来了。它不断地叫着，做出要冲上来的样子，却没有再向前靠近。“不要跑，要停下来，必要的时候要迎上去！”阿爸说。后来，阿爸的这句话成了我生活中的一个处世经验，从此，我有了对付草原上的野狗、野狼，甚至一些困境和劫难的经验——虽然，我后来的生活，从我原本的轨道上偏离出来，完全告别了草原，成为一名在城市里求生的人。

记得我刚刚开始发表东西的时候，有一家报纸采访我，并写了一篇有关我的新闻通讯，题目是《栖息在城市的游牧灵魂》，第一次看到这个标题，我心里就有一件被钝器击中的尖锐的疼痛，我感知到了这个题目的锋利。如今，时过境迁，我依然能够感觉到。那时候，我曾写下一首诗，收在一册多人入选的诗集里，我还记得那些稚嫩的诗句，却也是我至今不能释怀的一种感觉：

难以言说的世界
枯黄的牧草覆盖草原
离我攀援的楼梯
是一片苍茫的怀念

秋风以外
一只野鸟啁啾着往事
暮色里

撒欢的牛犊忘记了回家
怀念因此苍茫啊
因此苍茫

驻足于楼梯回望
如一匹孤兽
回望着不复存在的森林

我记得小时候，有一个习惯，走在风里的时候，便张开嘴，让风刮进嘴里，我控制着口腔——张开或微微闭合，同时不断收紧和放松两腮，并灵巧地运用舌头——不断地吐出来或缩进嘴里，如此，风便开始在我的嘴里唱歌，低吟出我会唱的某首歌的旋律。在这种时候，我会暂时地忘记孤独，进入一种自我迷醉的状态。但孤独还是会忽然跳出来，立在我面前，让我大吃一惊。每每这个时候，我会不由自主地大叫一声，一如我虚拟的那个牧人。

此刻，牧人面对巨大的孤独，他忽然想起了早已去往西方极乐世界的阿爸，想起了阿爸说的那句话——我阿爸去世时我 19 岁，他在病床上给我说，我还没给你娶个媳妇儿呢，没完成任务啊！至今，每每想起这句话，我心里立刻充满悲凉——他停下来，向着自己的周围看去，他看见流水一样的蜃气在他的四周涌动着，他完全被淹没在蜃气形成的看得见却摸不着的流质之中。他忽然大叫一声，接着又大叫一声，并向前走了几步。“必要的时候要迎上去！”阿爸的这句话闪现在他的脑际里。就这样，他把他的声音续接起来，慢慢地，他发现他是在歌唱，一首牧歌在他的头顶盘旋着，就像是一只苍鹰。他也真的觉得不再那么孤独了。

后来，唱歌成了牧人消解孤独的一种方法，他发现，孤独是害怕他的歌声的，只要他唱起来，孤独就会躲开他。于是，每次出牧，只要离开帐篷，只要走上原野，他就开始唱歌。而歌声也从当初的咿咿呀呀的无词之歌慢慢地有了几个简单的句子，而这些句子，则是他依据自己看到的东西即兴随意地添加进去的，比如，刚刚下了一场暴雨，此刻一道弯弯的彩虹出现在天际，他就唱道："五色的彩虹搭起了帐篷。"再比如，盛夏季节，灿烂的野花盛开在草地上，他便唱道："大地的头上插满了鲜花。"他就这样唱着，偶尔累了，便停下来，说说话。他对彩虹说："白云是不是要到你家帐篷做客啊？"他又对大地说："你难道是农业区来的那些种青稞的女人吗？头上还戴着那么多花！"

后来，这样的情景，被我写进我的小说里。记得，我曾写过一篇小说，叫《光荣的草原》，其中一个情节，便是小说里的主人公与白云说话，甚至与一群蚂蚁吵架。这些都不是虚构的，是我小时候的真实写照。记得小说发表后，一位素不相识的评论家写了一篇评论，题目是《当孤独成为一种审美》，最初看到这个题目，我心里同样尖锐地疼了一下。这个题目一如那个《栖息在城市的游牧灵魂》一样，对我，也是锋利的。

这时候，牧人忽然发现，这天地之间，虽然就只有他一个人，但这并不妨碍他说话，他可以和任何一样东西对话：原野上的花花草草、天上的飞鸟、河流里的小鱼，甚至一块石头，一堆干透了的牛粪。牧人一眼可以看出，这一堆牛粪是去年冬天的，冬天没有那种吃粪的飞虫，这堆牛粪因此保存得非常完好，加上它的外皮呈现出一种铁青色，而不是常见的黑色，种种迹象都表明了它被一头牦牛留在这里的时间——小时候，我在家里的工作，除了放牛，就是捡牛粪。至今，每次到了草原，看到某片草原上到处是牛粪，我就会有一种停下来捡拾的冲动。的确，我也真的可以一眼看出一坨牛粪的季节和时间。

牧人发现，除了他，在原野上喜欢唱歌的还有一只野百灵。它对唱歌的热情与执著，比起牧人来，有过之而无不及——正是一只凤头百灵的歌声，打断了牧人的歌声。牧人循着歌声举目看去，他什么也没看到，而那歌声却充满了整个天空，也充满了整

个草原。牧人猜测，这只野百灵，有着和自己一样的孤独。

牧人想到这儿，心里有了一种类似同病相怜的感觉，于是他噤声，认真地听起来，他听到了草原上几乎所有的鸟禽鸣叫的声音：鹰隼、大雕、黑颈鹤、戴胜鸟、地山雀、雪雀、啄木鸟、红尾鸲……不论是候鸟还是留鸟，凤头百灵把它们的叫声贯穿在一起，让人恍若走进了一个交响着各种鸣禽的歌声的百鸟园。

后来，我从一位退休后侍弄鸟儿的老人那里知道，一只被养在鸟笼里的百灵鸟，有十三口，意思是需要叫出

十三种不同动物的鸣叫声，例如猫叫、小狗叫等等——我难以想象一只百灵鸟去模仿猫狗的声音,那是多么无奈啊！那是一只已经远离了草原、失去了自由的百灵鸟，在人类的驯服下的屈服与妥协，已经不是一只自由的野百灵在它的天地之间，由着自己的性子无遮无拦地肆意鸣唱的样子了。老人的话让我想起了一个曾经在我的家乡青海无人不知的“花儿”唱家,她从草原和田野间自由随性地唱着“花儿”“拉伊”走来，歌声里自然带着青稞野性的馨香和酥油奶茶特有的膻腥味儿。在那个电视还没有普及，网络更是一种谁也没有听说过是什么魔法幻术的时代，她的歌声通过广播，传遍了青海的草原和田野。后来，她的声音从广播里消失了，那些每天期盼着听她在广播里“吼上两嗓子”的牧人和农民们不知道发生了什么。后来，大家才听说，因为她唱得好，国家把她送到了上海、北京，让她在那里的音乐学院深造，让她唱得更好听。后来她回来了，可是，那些牧人和农民发现，她已经不会唱歌了，歌声里没有了青稞野性的馨香，也没有酥油奶茶的腥膻味儿，就像被什么洗去了一样。于是，有一句来自民间的，对这位女歌手的评价便在我的家乡传开了："唱家是好唱家，学上坏了！"

——那只凤头百灵，还模仿了它的近亲——角百灵的叫声，牧人心里想，单单从鸣叫的本事去看，如果凤头百灵是一个在草原上声名远播的歌手，那么角百灵也只是一个小小的学舌者，大可不必去模仿它。

那时，我是草原上的一个小牧童，也像这个被我虚构的牧人一样，经常听到凤头百灵婉转又悠长的歌唱，当我听到它像唱一首如今叫作"串烧"的歌曲一样，把许多鸟儿的鸣叫声串在一起，其中也有角百灵的声音时，我也会产生和牧人一样的想法。如今，经常看到电视节目里各种模仿秀，他们极力去学那些比他们有名的歌手的声音，甚至穿上和他们一样的衣服，留着和他们一样的发型，甚至不惜把自己的名字也改成与那位歌手接近的名字。看着他们，我也会想，比起他们来，百灵是一个名副其实的模仿高手，每一种鸟类的叫声，它都会惟妙惟肖地唱出来，但它从来不会改变自己，也不会只去模仿那些有名的鸣禽。它的歌声随性而又自由，它就那样其貌不扬而又我行我素地歌唱着，歌唱着它自己的精彩。

弟弟的角百灵

说到这些，我就会想起我的堂弟，他叫生来。在我小时候，他是我最好的玩伴，也是和我玩得最长久的一个人。那时候，我们几乎整天厮混在一起。初春的时候，我们到小牧村边缘的小溪旁去挖蕨麻——这是一种委陵菜属的植物的块根，俗称“人参果”，是一种味道极其鲜美的野生食材，在藏族餐饮中经常作为各种荤素菜品的配菜。那时候，我们就像是两个老道的农民，已经积累了丰富的挖蕨麻的经验，单凭目测，就知道哪些地方的蕨麻多、个头大。采挖蕨麻的季节，我们各自拿着一把镢头抑或一把小铁铲，在离村子不远的地方挖蕨麻，一挖就是一整天，一日三餐全部以挖得的蕨麻充饥，即挖即食，一直到太阳要落山时才赶回家里。记得我家隔壁，居住着一家牧

民，依照当时的成分，他家是牧主，这个牧主分子幽默风趣，他分别为我和生来取了绰号。我叫“丹卡”，意思是泥嘴——那完全是吃蕨麻的结果，而我堂弟生来叫“然久”，意思是蓄小辫子者，生来幼时多病，在他之前所生的孩子也都夭折，为了能够存活，幼时便留了辫子当女孩子养活——这是故乡的习俗，幼时多病者，男孩子假以女孩子养着，或以小猫小狗命名，总之，使其身份从名字和性别上“低贱”下来，便能够存活。

等到了母牦牛产下牛犊，我和生来的活儿就是每天放牧小牛犊，小牛犊出生后，要和母牛分群放牧，这样才能够保证我们可以从牛犊口中掠夺它母亲的奶汁。看管小牛犊的，往往是家里的半大孩子。

牦牛生下牛犊开始产奶的季节，恰好也是草原上各种鸟儿产卵的季节。

我们有个共同喜欢的游戏，这个游戏只属于生活在草原上的孩童，就是在那个春末夏初季节，在草原上寻找鸟巢。我敢说，在寻找鸟巢这一点上，我们具有与鸟类专家一样丰富的经验——我曾经是青海一家媒体的记者，有一年初夏，我和几个同事前往青海湖南岸的江西沟草原采访，当我们的采访车路过一片盛开着棘豆花的草原时，我让开车的同事停下车来，我说：这里一定有鸟巢！车上所有的同行都很意外地看着我，以为我在信口胡说，想找个理由让车停下。当车停稳后，我走下车，走向那片草原，并很快在一簇棘豆花下，找到了一个鸟巢——在棘豆花的枝叶的遮掩下，用草原上常见的干枯的牧草搭建的圆形鸟巢，精致得如同人工所为，两枚鸟蛋安静地卧在鸟巢中，这是角百灵的鸟巢，也是在草原上最容易寻得的鸟巢。

每年到了草原上的各种鸟类，特别是那些留鸟产卵的季节，我和我弟弟生来便开始四处游荡，一边放牧，一边寻找鸟巢，我们找到的大多数鸟巢，便是角百灵的鸟巢。那时候，我们每个人会找到三四十个鸟巢，然后会在鸟巢附近做一个记号，我们会把记号做的看似不经意的样子，只有我们能够辨认，以免让其他人看到——在我的家乡，那些专事捕捉野狐狸或者其他小动物的猎户，也有事先踩点，做好记号之后再去捕捉的习惯，我们生怕引起这些人的注意。做记号，还有一个原因，角百灵的鸟巢，搭建在

草原上，所用的材料是就地取材的枯草，也就是说，他们利用大环境的色彩，完全把自己的鸟巢隐藏在了其间。美国自然文学作家约翰·巴勒斯曾经讲过一段故事：他和友人在牧场上发现一处刺歌鸟的鸟巢，却在他们走出三五步时“得而复失”，再也找不到了，“这个小小的整体，与整个牧场成功地融合成了一个整体”。他对刺歌鸟鸟巢的描述，与我小时候经常见到的角百灵的鸟巢何其相似，发现一处鸟巢，转眼间却再也找不到，这是我们少年时多次的经历。

约翰·巴勒斯在描述刺歌鸟的鸟巢时，用了一句诗一样精妙的语言："辽阔隐藏了渺小。"他通过观察发现，刺歌鸟泰然地把鸟巢建在辽阔牧场的中心，利用牧场上常见的枯草筑巢，小小的鸟巢被草原掩藏。而它的雏鸟羽毛的颜色几乎和周边环境一模一样。刺歌鸟就这样凭借成功的伪装，把鸟巢建在一览无余的牧场。

小时候，我们从来不会拆毁发现的鸟巢，拿走鸟巢里的鸟蛋。这倒不是说，我们从小就具有保护环境或保护动物的意识。那时候，我们已经懂得大人们口中的杀生是一个可怕的词汇，也是一种可怕的行为，如果做了杀生的事，不单单是掠夺了那些弱小的生命，而且也会殃及自己的生命、运势，给自己带来不好的命数。

那时候，我们发现了鸟巢，做好记号后，就会隔三岔五地去探望，直到鸟雀在刚刚搭建的鸟巢里产下鸟蛋，趴卧在鸟巢里一天天地孵化，直到有一天，一对儿，或者三只尚没有长出羽毛的，闭着眼睛的雏鸟破壳而出——我们把这样的雏鸟叫作“净肚郎娃娃”，这是一句青海汉语方言，原本指的是出生不久，没穿上衣服，还在襁褓里的婴儿。当雏鸟破壳而出，我们的探望就会频繁起来，几乎每天都会去看，俨然就是一个痴心于野外观察的鸟类专家，直到雏鸟的羽毛一点点地丰满起来，直到它们慢慢长大的身躯不能安放在小小的鸟巢里，直到它们的父母带着它们飞离鸟巢。

那时候，一年里的每一个季节我们都在忙碌着，捡牛粪、拾蘑菇，这些都是我们必须要做而且也喜欢做的劳动项目。那时候，我们的玩具是劳动工具，而我们的游戏，则就是劳动，寓“劳”于乐，我们就是这样成长起来的。

在这个游戏里，我和弟弟生来最喜欢的游戏内容，就是将各自发现的鸟巢指认给对方。这种时候，一般都是作为一种交换条件的。

那时候，堂弟生来家的生活条件比我家好，他不时会有一颗水果糖或牛奶糖含在嘴里，看着他因为嘴里含着糖果而鼓起来的腮帮子，我的口水就会忍不住地流下来。有一次，我和弟弟生来正在放牧小牛犊，又看到他嘴里含了一颗糖，听到糖在他的口腔里愉快地滚动的咕咕声，我有些受不了，于是我对他说："生来，我领给你一个大百灵的雀儿窝，我抿一下你的糖。"

生来同意了，他从嘴里吐出已经被他含在嘴里变得很小的水果糖，递给我，说："那你抿一下。"

我立刻把嘴凑过去，接住了他伸到我眼前的水果糖。

抿，青海方言，指的是把食物含在嘴里，用舌头的味蕾感受食物的味道。那一天，我噙着生来塞到我嘴里的糖，那香甜的味道，似乎至今还留在我的舌尖上。

那时的我们，尚不知道贪婪，我噙着弟弟的水果糖，但也克制着自己，只抿了一会儿，便又吐出来还给了他。

作为抿了他的水果糖的回报，我当然要履行带他去看一个鸟巢的承诺,而这样的鸟巢,一般不会是角百灵的鸟巢,因为角百灵的鸟巢太常见了，而是一个不容易找到的鸟巢，一个在我们看来比较重要的鸟巢，比如被我们叫作大百灵的蒙古百灵。

我的弟弟生来长大后，和他的母亲——我的伯母，一直生活在青海海西。有一年，我去看望伯母，弟弟一直陪着我，我们聊及小时候一起找鸟巢的事儿，说到动情处，他对我说，一定要再一起回到小时候居住过的草原找一次鸟巢。他还笑着对我说，到时候我带上水果糖，给你抿!

我们哈哈大笑着，便这样约定了。可是，就在那一年，他生病了，当时，我远在北京，听到他病重的消息，我放下正在忙碌的事情，从北京赶往青海。在首都机场等候飞机的时候，我心急如焚，悲痛难忍，一种难以发泄的情愫拥堵在心头，不知道如何释放。我便给刚刚认识不久的著名藏族歌手容中尔甲发去短信，诉说心里的悲痛。容中尔甲即刻回复我，说了许多安慰的话。自此，我和尔甲成为无话不说的挚友。

普天下的雌鸟

我对表现亲情的画面和文字没有一点儿抵抗力。春节前夕，央视做了一些公益广告，主题是家人团圆，一起过节。其中有一段广告是，正在着急等待着在外打工的妈妈归来的女孩儿，回头望向屋门时，刚好看到母亲推门走了进来，便高喊着“妈妈”，飞跑着迎上去扑进了妈妈怀里。还有一段，女儿要回家过年，不想飞机晚点了，便打电话告诉家里，吃年夜饭时不要等她。年夜饭的饺子上桌了，父亲却没心思去吃饺子，而是穿上棉衣走出家门，到路口去等女儿……因为是广告，不断滚动播出，我也是一遍遍地看，但每次看到，我都会流出泪来，不能自已。

2017 年的夏天，我的家乡，青海湖畔的铁卜加草原一带曾经降下一场冰雹。大概是第二天吧，就有一个视频开始在微信朋友圈里不断转发。画面里，是一只已经死了的角百灵雌鸟，当镜头慢慢推进时，一只手伸进了画面，把角百灵雌鸟的身体扒拉了一下，就在那可怜的母亲的身体被扒拉开的瞬间，画面上出现了原本被它的身体所遮掩住的一个小小的鸟巢，鸟巢里是几只尚未长出羽毛的雏鸟，因为忽然有了动静，这些雏鸟就像是忽然醒过来了一样，个个伸长脖子，张大了嘴喙，把嘴喙高高地升向空中。它们饿了，饥饿地等待着父母衔来的食物。天哪，它们还不知道，在冰雹来临的时候，它们的母亲扑向它们，用自己单薄的身体护住了它们，一直到冰雹把自己砸死，也没有挪动一下！此刻，母亲已经死了，而这些雏鸟却浑然不觉。当我看着这个画面，泪水一下子涌出了眼眶，再也不敢打开这个视频多看一遍。我不知道这些雏鸟的父亲，已经失去了妻子的那只雄鸟，会不会单独承担起抚养子女的义务，把这些雏鸟拉扯长大，但依照角百灵的习性，雄鸟是会放弃对它们的养育，这些可怜的雏鸟，最终也会随它们的母亲而去！如此一说，就觉着这只伟大的雌鸟死的不值。可是，

当一个母亲，看到自己的孩子即将遭遇不测时，保护孩子，便是她本能的选择。这个世界上，也只有母亲会毫不犹豫地做出这样的选择吧！近日听到一个故事，说深圳有一位母亲为了给儿子治病，从容地跳楼自杀了，原因是她有一份保险，如果她死了，家人会得到一份赔偿，这份赔偿可以减少他的家人给儿子治病的巨大经济压力。可是她不知道，保险公司对自杀行为是不予赔偿的！这种行为，与那只角百灵雌鸟何其相似！

普天下的雌鸟啊，普天下的母亲啊！

美国自然主义作家约翰·巴勒斯在他的一篇文字里描述了一种叫三声夜鹰的鸟儿，他这样描述这种鸟儿的一种“异常”行为：当作者靠近三声夜鹰的鸟巢时，受到惊扰的雏鸟跳跃了一下，接着便安静下来，闭上眼睛，完全不动了。“在这种场合下，那亲鸟做出疯狂的努力，试图把我从它自己的雏鸟那里骗走，它会飞出几步，掉在地面上，抽搐着，犹如死了一样，有时还会震颤着它那伸直的翅膀和俯卧的身体，同时它会敏锐地观察自己的诡计是否得逞，如果没有得逞，它会迅速恢复过来，移往别处，试图一如既

往地吸引我的注意力。当我跟随它，它就总是歇息在地面上，以一种骤然的特殊方式坠落下来。”美国作家梭罗在他著名的《瓦尔登湖》里也描写了他在丛林里看到的山鹬一家：一只山鹬雌鸟带着它的几只幼鸟觅食，“母鸟发现了我，于是它从幼鸟身旁飞开，围着我周旋起来，越转越近，在四五英尺处，假装折翅瘸腿，诱使我注意，让它的孩子们趁机溜掉，那些幼鸟已经在它的计谋下跑出了池沼。”我小时候，在凤头百灵身上也看到过同样的行为。我还记得我第一次看到这种情景时的细节。有一天，我和生来一起放牛，当我们把牛群集中起来统计数字时，发现少了一头，显然，又是我家那头白牦牛。小时候，我家里有一头腹部些微有些黑色的白牦牛，因为它与众不同，它的名字反而简单，就叫白牛。白牛不在牛群里，我和生来便去找它。正是盛夏季节，草原上的牧草长得很旺盛，我俩经过的地方，是一片高草区，一种被我们叫作“孜多”的纤维粗硬的牧草淹没了我们的膝盖。当我们走到高草区的中心部位时，忽然，一只凤头百灵飞了起来，但它明显受了重伤，垂着头，耷拉着翅膀，只飞了几步远的地方，便硬生生地掉落在地上，我和生来不约而同地去追它，就在我们要靠近它的那一刻，它又重新起飞，但依然不能很好地飞翔，它吃力地扇动着翅膀，飞了几步远，又落了下来。就这样，我们一直跟随它走出了高草区，它这才像伤势忽然痊愈了一样飞走了。回家后，我就把路上的所见说给父亲，父亲听了说，遇到这种情况，说明凤头百灵的雏鸟就在附近，它是为了保护雏鸟才假装受伤的。果然，第二天，我和生来再次到那片高草区，那只凤头百灵故技重演，为我们上演了它身受重伤的骗术，我们也很快找到了它的鸟巢以及匍匐在鸟巢里的几只雏鸟。后来，我多次遇见同样的情况，亲鸟假装受伤的异常动作反而提示我去寻找它的鸟巢，几乎无一例外，都能在它起飞的地方找到鸟巢或者它的雏鸟。那时候我就想，它的这一伎俩，可能会骗过那些以鸟为食的猫头鹰或者藏狐什么的，但对人类，反而会暴露目标。后来，我在电视里也看到过类似的画面，介绍一种同样有这种佯伤行为的鸟类，不是三声夜鹰，也不是凤头百灵，这种鸟儿被解说者称作是北美鸻鸟，但与我所知的鸻鸟却大相径庭，它便用这种行为，骗走了接近它的雏鸟的一头笨狼。

后来我专门查阅资料，并根据资料判断，电视画面中那只亲鸟，那只勇敢可爱的鸟妈妈，应该是斑麦鸡，它很像鸻鸟，但不是同一种鸟。

掩去身份的歌者

我发现，在我身边的人群中，大多数人对鸟儿是视而不见的，由此我判断，他们对其他事物，比如对野花也是同样的态度。我曾在我的微信朋友圈里发过一组蝴蝶的照片，标明这些蝴蝶都拍摄于我生活的城市西宁，有人看了便问我：西宁还有蝴蝶吗？看着这个坦然得没有一丝不好意思的问题，一下噎住了我。我想象，久居城市的人们走在路上的时候，目光之内只有路标与方向，行人和车流也只是路标与方向的另一部分，他们不会在意和他生活在一起的还有许多鲜活的生命。这些人无法、也懒得去分辨此鸟与彼鸟的不同，在他们眼里，所有飞过他们眼前，瞬间影响到了他们视线的鸟儿以为都是麻雀。美国自然文学作家约翰·巴勒斯也发现了这一点，他说：我想象大多数乡村男孩都认识泽鹰。这句话所透露的信息是，只有乡村这样一个更加接近大自然的所在，以及生活在这里的男孩对大自然尚充满好奇，才有可能认识野生鸟禽。书写了《沙乡年鉴》的美国作家奥尔多·利奥波德对这样的人们充满了意外和惊讶，他写道：我曾经认识一位很有教养的女士，她佩戴着全美优等生荣誉学士的标志。她告诉我，她从没听过，也没见过，那些一年两次在她的阳光充足的房顶经过，以昭示季节交替的雁群。这位作家写到这个情景后，忍不住评论道：难道，用意识换取只要些许价值的东西的过程就是所谓教育吗？若是这样，那大雁用意识换取的，不过只有一堆羽毛罢了。

约翰·巴勒斯曾经流连忘返于哈德逊河流域，

与那里的鸟儿们生活在一起。他沉迷于各种鸟儿们婉转悦耳的鸣唱之中，用深情的文字描绘了那些鸟儿们的鸣叫声。他试图用文字去接近声音，让人们通过阅读这种视觉的手段去抵达听觉所能享受到的美妙。他发现了这其中的艰难，也发现“造物主拒绝把所有亮丽的色彩赋予它们，相反却把美妙而悠扬的嗓音赋予它们”。他用这句话描述了白喉带鹀、雀鹀等像他一样徘徊于哈德逊河畔的鸟儿们。而他的这句话放在我家乡的百灵鸟——凤头百灵、蒙古百灵、短趾百灵、小云雀等身上，却也是那样的恰如其分。几乎所有的百灵鸟都其貌不扬：

头部带有装饰效果的白色条纹和基本是白色的腹部，作为鸟类最为重要的翅羽和背部颜色则是含混不清的棕褐色和黑色间杂的斑纹，嘴喙和双爪是暗淡的灰黑色和棕褐色。记得我曾在微信朋友圈发过我家乡的小寺院——尕日拉寺附近拍到的百灵鸟图片，便有一位作家朋友表达了他的失望，“这就是百灵鸟啊？好失望，或许这就是人生吧！”他留言说，并附上了三个哭泣着的表情。看着他的留言，我心里也微微有些失望。我的失望来自他以及和他一样的人们对百灵鸟的浅显认知，我知道，我是无法表达我对百灵鸟的热爱，并把我的热爱传染给他，抑或说，我无法让他明白我对百灵鸟歌声的迷恋，使我已经对它的体形颜色忽略不计了。好在，他的情绪，并不会减损我对百灵鸟热爱的一丝一毫。

其实，其貌不扬是百灵鸟出奇制胜的防弹衣，它就是凭借着它的其貌不扬——平庸的鸟巢，混杂的羽毛，保护着自己，保护着自己的雏鸟，保护着自己的后代。

还不仅仅如此。

即便是百灵鸟，它的雏鸟却是不发出声音的——百灵鸟是晚成鸟，雏鸟还没有长出羽毛之前，它们的眼睛也还没有睁开，感知这个世界，它们是全凭着耳朵的。记得小时候，当我们每每从一处孵出了雏鸟的角百灵的鸟巢旁走过，听到声音的雏鸟便以为是它们的父母为它们衔来了食物，便纷纷昂起脑袋，张大了嫩黄的嘴喙，单等着父母把食物放入它们的嘴喙中。看到这个情景，年少的我们便觉

角百灵

科属：百灵科，角百灵属。上体棕褐色至灰褐色，前额白色，顶部红褐色，在额部与顶部之间有宽阔的黑色带纹，带纹的后两侧，有黑色羽毛突起于头后如角。颊部白色并具有黑色宽阔胸带，尾暗褐色，但外侧一对尾羽为白色，后爪长而稍弯曲。

习性：栖息于干旱山地、荒漠、草地或岩石上。非繁殖期多结群生活，常作短距离低飞或奔跑，取食昆虫和草籽。繁殖期在5月—8月。

分布：在美洲、印度次大陆及中国的西南地区，系青藏高原常见留鸟。

得非常可笑，不由扯开嘴大笑起来。角百灵雏鸟的嘴喙似乎与它们的身体失去了协调，每当它们的嘴喙大大张开的时候，整个脑袋似乎就剩下了一张嘴喙，而脑袋部分几乎是整个身体的二分之一。人们形容一个人嘴张得很大，就说这个人一张嘴能看见他的嗓门儿，这句话放在角百灵雏鸟的身上，却一点儿也不夸张，真的可以一览无余地看到它们的嗓门儿。它们的嗓门儿虽然很大，但它们发出的声音却很小。当它们确认来者不是它们的父母的时候，就再也不发出任何声音了，高昂着的脑袋也会耷拉下去，不再有任何动作，只能看到它们频繁快速的呼吸让它们的身体微微震颤。那时候我虽然已经注意到这一现象，却从来没去考虑过其中的原因，一次闲读美国自然文学作家约翰·巴勒斯的文字，才恍然大悟。约翰·巴勒斯在他的文字里说：在隐蔽处或者围起来的地方筑巢的鸟类的雏鸟，像啄木鸟、莺鹪鹩、金翅啄木鸟、黄鹂的雏鸟发出的叽叽喳喳和啁啾声，与大多数在开阔地和暴露之处筑巢的鸟类的雏鸟的沉默形成了鲜明的对比。约翰·巴勒斯认为，这是那些处在生存危险系数相对较高的鸟类的一种天生的自我保护意识。是啊，在

云雀

科属：百灵科，云雀属。小型鸣禽，可在飞行中鸣叫，求偶期炫耀飞行，能悬停于空中。

习性：生活在草原、荒漠、半荒漠等地。以植物种子、昆虫等为食，常集群活动。

分布：在我国广为分布，有云雀、小云雀两种。西欧诸国及俄罗斯、日本等国均有分布。

这种物竞天择的自然法则面前,即便是作为有着“草原歌唱家”之誉的百灵鸟，在它们的雏鸟时代却选择了噤声，把鸣叫和喧闹留给了那些筑巢在隐蔽和相对安全的地方的鸟儿们。

所以，百灵鸟，还留给了自己一个其貌不扬的童年。

我忽然间明白，百灵鸟，这些精灵，它们小时候的不歌唱，恰是为了长大后更加自由、更加纵情地歌唱。为了这个目标，它们从搭建自己的鸟巢开始，便开始了准备，这是一个长久而又缜密的准备——它们把自己小小的鸟巢隐藏在广大的辽阔之中，让自己有更多活下来的空间。它们以不会唱歌的小时候，让所有人永远也发现不了它们的歌唱天分，它们还用含混不清的毛色，让自己永远躲在“草原歌唱家”这样的称誉之后，就像是一个深藏不露的世外高人，以褴褛的布衣和脸上肮脏的土灰有意掩盖自己的高贵，但内心却装满了不容侵犯的尊严。

孤鸟
gu niao

在祁连县城，在县人民医院及相邻的县藏医院门前的绿化带里，人工种植的青草茂密而葱郁，散发着因为营养过剩而显得过于浓烈的墨绿色光泽，光泽并不明亮，看上去有一种习惯了养尊处优的亚健康的羸弱——这似乎是所有被人工豢养在城市里的花草共同的特点。草地上散乱地种了一些青海云杉的幼苗，应该是今年刚刚种上去的，它们枝干纤细，不及一人高，看着更像是一丛丛的灌木。

我就是在这儿看到那只红尾鸲的幼鸟的。它正在草丛里觅食，紧挨着绿化带就是人行道，不时有人经过这里，但它对过往的人们毫不在意，人们也对它视而不见。我发现它时，手中刚好拿着相机，便急忙停下来，架好了三脚架，把镜头对准了它。因为我是人群中唯一一个停了下来的人，它这才表现出了几分警觉。它暂时停止了觅食，背对着我，却又把头扭过来看着我，看着我的相机镜头。我蹲下来，小心翼翼地操作着相机，等待着它做出一些小动作，比如扑棱一下翅膀时，或者张开嘴喙鸣叫一声时按下快门。但它没有这么做，依然保持着刚才的姿势。我等了一会儿，见它依然没有摆个“Pose”的意思，便直起身来，试图让镜头再靠近它一些。它注意到了我的动作，就在我移动相机的一瞬，它从草地上飞起来，落在了一株青海云杉的枝桠上。由于树枝上树叶的遮挡，它落定的位置并不便于我拍下它来，我只好再次移动三脚架，想找一个便于拍摄的位置，见它从原来的枝桠上又飞到了另一根枝桠上。它的动作有些笨拙，我发现它还没有真正学会飞翔，或者说，它还停留在蹒跚学“飞”的初级阶段，如果有意要去捉住它，一定是易如反掌的事。看着它可爱又可怜的样子，我判断，它还停留在需要大鸟哺育的阶段，对于“打鸟”的人来说，只要守住小鸟，就一定会等到大鸟飞来喂它，就可以拍到大鸟与小鸟“同框”，大鸟哺育小鸟的动感画面。这是“打鸟”者的直接经验。于是，我决定在这里等大鸟来。

很快，时间过去了十几分钟，却依然没看到大鸟飞来。

那一天，我就这样等着这只红尾鸲幼鸟的爸爸或妈妈，但它们一直没有出现。慢慢地，小鸟开始对我和我的镜头放松了警惕，又飞到草丛里开始觅食，甚至还飞落到了非常利于我拍摄的一根树枝上。

大鸟始终没有来，我也没有了继续等下去的耐心。

后来，连续好几天里，我屡次路过这里，每次都发现它在这里觅食，却从来没有看到它的父母，于是我猜测，可能，它是被它父母放弃抚养的一只可怜的幼鸟——鸟儿们在养育后代时，总是依循着优胜劣汰的自然法则，在食物匮乏且无暇养活每一只小鸟的时候，它们会放弃身体相对羸弱，难以抚养的那只小鸟。看着这只小鸟，我也在想，如果它真是幼鸟群里不幸的那一只，它的父母还是留给了它一线活下去的希望的，那就是教会了它如何觅食，并把它带到了食物相对丰富，也便于觅食的地方。它们似乎也明白，在这样一座边城，生活在这里的人们都笃信宗教，大部分人都秉持着不杀生的宗教理念，不会轻易杀死一个生命。所以，与其把它放在野外，不如就这样放在人群稠密的地方，让它有更多活下去的概率。

这只红尾鸲幼鸟，翅羽尚未丰满，羽毛的色彩也比之成年的红尾鸲要暗淡得多，看不出来是一只雄鸟还是雌鸟。每次路过那里，我都会停下来，找到它，并仔细地看看它。它还是那么小，依然没有完全学会飞翔。它埋头于草丛之中，认真地觅着食，那神情近乎执着。于是我想，如果它真的就这样有了自理能力，幸运之神的眷顾也让它与死亡和许多的伤痛擦肩而过，等它长大后，会不会循着某种记忆找到它的父母？遇见那个与它孵化于同一个鸟巢的兄弟或姐妹——它所有苦难的遭际都源于它们在父母的呵护下的安然无恙，也就是说，它们得到了它所失去的一切。如果

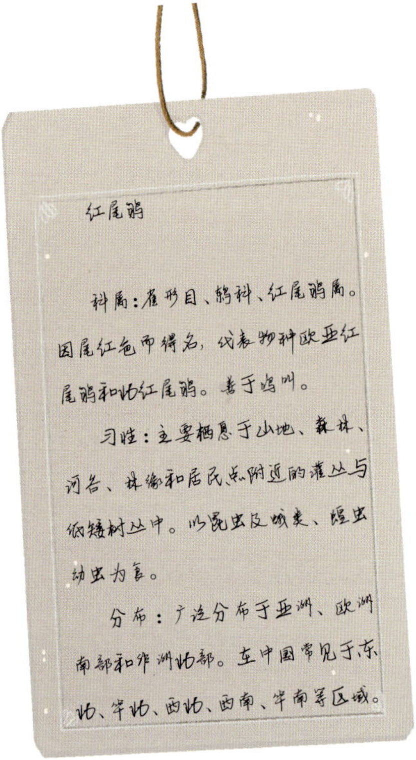

真有那么一天，它会有什么样的行为？心里会有什么样的想法？是感恩还是怨恨？

美国自然文学作家约翰·巴勒斯说："比起四足动物，鸟类显露出了更多人类的特征。"如果真的是这样，我们把这只鸟儿置换成一个人，一个孤独的少年，那么他会有什么样的表现呢？

我想起了小时候听老人们讲过的格萨尔王的故事。

格萨尔王幼年时叫觉如，他从天界投胎到人间，诞生在了一个君主之家，这家君主的女仆成了他的母亲。出生不久，他和他的母亲就被君主的妃子赶出了家门，他们只好来到一片叫玛域的草原上，搭了一顶透风漏雨的破旧帐篷，每天以捕捉鼠兔、采挖蕨麻度日。这位在天界享尽了荣华富贵，整日沉醉在锦衣玉食的神子，从此却受尽了人间的饥寒交迫。

但，他有他的母亲时刻陪伴在身边——只此一点，其实他就拥有了一切。正如在《格萨尔王传》里描述的那样，他能够用他从天界得来的神通法术，让母亲煮在锅里的蕨麻变成天界的美食——如果我们剔除其中的神话色彩，或许也可以得出这样的结论：那正是因为有母亲的陪伴，在母亲慈爱的光芒下，即便是从山上采来的野果，那也一定会有着珍馐美馔般的味道。

——只此一点，觉如的幸福就大大超过了这只可怜的幼鸟，甚至没有任何可比性。

觉如就这样长大，在母亲赐予他的慈爱和朴素里，从一个少年成为大白岭国的君主。在一定程度上，恰是与母亲度过的那一段苦难日子，成就了他日后的辉煌。

我也想起了我很小的时候。

在大概二三岁的时候，我就被送到了我的舅舅家里，交给尚未出嫁的小姨抚养我，是因为我的妹妹出生了，母亲不能照顾好两个嗷嗷待哺的孩子。就这样，我开始在舅舅家里生活。

我就这样从牛羊的草原来到了庄禾的农村。

或许是因为年幼，或许是因为记忆是有选择性的，对于那一段往事，我唯一记得的是对母亲的思念，对母亲乳汁的渴望。

那时，我的小姨还是未婚的少女，她不知道怎么样去带一个孩子。每当我开始哭闹的时候，她就不知所措，有

时候，我提出来的小小的愿望是那样的直白又明确，她却不能满足我，但她又是多么想满足我——有一次，我一定是哭闹着要吃奶，对母亲乳汁的甜美记忆和想得到它的渴望让我不能自已。小姨采用了她平时让我停止哭闹的所有办法，但均未见效。于是，她有了一个大胆的想法。她把我带进一个小房间里，关上了门，关上了窗户，然后把我抱在怀里，撩开了她的上衣。

我立刻停止了哭闹，惊异地看着小姨。

记忆里的这一帧画面就此定格。这帧画面，就像是从黑白电影胶片上剪裁下来的，没有之前之后，也不能连续播放，却是那样的清晰而珍贵。

——但只此一点，我的幸福其实已经是爆棚了的，同样与那只可怜的小鸟没有任何可比性。我的小姨，那个惊慌失措的少女，或许是我的哭闹唤醒了她内心的母性，为了哄我安慰我，她做出了多么巨大的牺牲啊……

记忆很深的是我的母亲来接我回去时，那时我大概四五岁了。

阳光正好照在舅舅家的小院里。小院正中的花园里，花儿鲜艳地开着，艳丽而耀眼。我在院子里玩。依稀记得，我骑在一把铁锹上，那是我的座驾，嘴里不断发出“驾驾”的声音。正在这时，母亲在几个人的簇拥下走进了小院。我看到母亲浑身带有光芒，她身边的人们因此暗淡了下去。母亲的光芒甚至高过了那些花儿，似乎它们在那一刻也暗淡了下去。

“这是你的阿妈，快叫！”有人对我说。

“快叫阿妈啊！”母亲呼喊着我的乳名也对我说。

在母亲和其他人七嘴八舌的招呼声中，我即刻做出了坚决不叫阿妈的决定，小小的心里充满了悲喜交集的情愫。我骑着我的座驾，嘴里“驾驾”地叫着，跑到了一边。

舅舅家有一只大公鸡，很强壮，也很厉害。只要有陌生人走入院子，就会扑上去啄他。母亲原本是从这个小院

嫁出去的女子，但如今她在大公鸡眼里也成了陌生人。那一天，母亲走出簇拥着她的人群，径直走向我，想把我抱起来时，那只大公鸡冲向了她，我似乎是本能地仰起了铁锹，让这胯下的座驾瞬间成了驱赶公鸡的棍子，大公鸡惊叫着，扇动着翅膀，连飞带跑地躲开了，我也乘机跑向一边。

母亲在舅舅家住了几天，我一直没有让她抱我，也没叫她阿妈，但心里的暖意却在慢慢升腾，第一眼看到母亲时的那些委屈也早已烟消云散。我知道她要带我回家，回我自己的家，那种暖意我至今能够记得。那几天，只要母亲要出家门，我便紧随而去，为她挡住那只大公鸡——在大公鸡眼里，比起我的母亲，我才是这个家的家里人，尽管我弱小无力，但它从不啄我，只要我做出一个驱赶它的动作，它便立即走开，给足我面子。而每次，我都会得到母亲的连连夸奖，她还说："等回到草原的家里，那里有狼有藏獒呢，你也要挡住它们啊！"

我认真地点着头。

几天之后，我跟着母亲踏上了回家的路。我至今记得母亲紧紧抓着我的手，领着我走出舅舅家大门的那一刻。

那是一个炎热的午后，母亲的手却微微发凉，让我感到非常舒畅。后来的后来，当我有了女儿，我就喜欢那样领着女儿走在路上。有一次女儿告诉我,爸爸的手是“冰丝手”，冬天热、夏天凉时，我即刻想到了母亲的手——在后来的记忆里，母亲的那双手总是牵着我的手。也曾在草原上遇到没有拴着的藏獒向我们扑来，但冲上前去唬住它的，不是我，而是母亲。

——仅此一点，我的幸福感应该要爆棚了吧。不仅仅是这些，母亲和小姨还赐予了我有关爱、有关勇敢的最初启蒙。

几天后，我再次路过那里，却不见了那只小鸟。我想，它一定是学会了飞翔，从此飞离了这里。也许，它去找它的父母、家人了吧。我又想，如果，这只幼鸟有一天真的见到了它的父母、家人，那一时刻，它也会和我一样，心里小小的委屈慢慢会升华为一种暖意吧，那是涌动在血脉之中永远不变的亲情。我还想，在怨恨与感恩之间，它一定会选择感恩的，因为它如今的成长和独立，其实都是它的父母、家人的赐予。

是的，是赐予。

鸟儿中的土著们

niao er zhong de tu zhu men

金银滩草原，毗邻青海湖鸟岛，因此，每每到了春夏季节，鸟岛上的鸟儿们也会飞临金银滩，在这片丰美的草原上，在野花丛中栖息、嬉戏、觅食、飞翔。斑头雁、鱼鸥、棕头鸥、鸬鹚，这些青海湖鸟岛的常客，也是迷恋金银滩草原的访客，游走在金银滩草原，时常看到它们的到访。然而，可能是由于有关候鸟的资料相对丰富，查找便利，一些鸟类爱好者和研究者发布了大量有关青海湖候鸟的信息，这些信息也暗示和误导了普通人群对青海湖鸟类的认识——人们所认识的青海湖鸟类，大多是候鸟，而对当地“土著”的留鸟却知之甚少，甚至一无所知。

如果说，青海湖鸟岛是候鸟的天地，那么，美丽的金银滩草原，则是青海湖留鸟的家园。

藏族情歌“拉伊”，广泛流传在青海湖环湖地区。这种情歌采用比兴手法，并且时常以杜鹃鸟——候鸟、百灵鸟——留鸟为起兴意象，抒发恋爱男女之间的走与留、守与散、等待与重逢等情感与心绪，委婉动听，直指人心。

情歌中的百灵鸟，藏语为“觉嘎”，一如歌唱“拉伊”者一样，也是个歌者。

金银滩草原上的百灵鸟，有多个种类，凤头百灵、蒙古百灵、短趾百灵、歌百灵、角百灵等随时都能见到。春、夏时节来到金银滩草原，众鸟的歌唱彼起此伏，你方唱罢我登台，恍若走到了一场即将开唱的演唱会后台，各路唱家为了能在现场有一个绝好的发挥，正在争先恐后吊嗓子练歌。

戴胜鸟，也是金银滩草原上常见的鸟。

戴胜，在古汉语中借指西王母，而西王母的神话也与金银滩草原有千丝万缕的联系，矗立在金银滩草原上的夏格日神山，被认为是西王母修行之处，有“小昆仑”之誉，山顶有一个高大的石柱，被认为是古籍记载的“昆仑铜柱”。这使得这里的戴胜鸟似乎也有了一种象征意义。戴胜鸟头

戴胜

科属：戴胜科，戴胜属。

习性：栖息于山地、平原、森林、林缘、路边、河谷、农田、草地、村屯和果园等开阔地方，尤其以林缘耕地环境较为常见。以虫类为食。有危险时冠羽立起，起飞后松懈下来。

分布：在世界各地广为分布。

戴花冠，身披条格衫，雍容华贵，独立大气，看上去着实有几分王胄之气。而在古籍中对西王母的描述，也有“蓬发戴胜”之说。

有专家认为，戴胜这一名字由来已久，其中的“胜”字指的是古代女性的一种华丽头饰——“华胜”。戴胜鸟起飞或者落地时，头上的花冠就会舒展开来，非常华美，就像戴着美丽的头饰一样，如此，此鸟便得名“戴胜”。戴胜

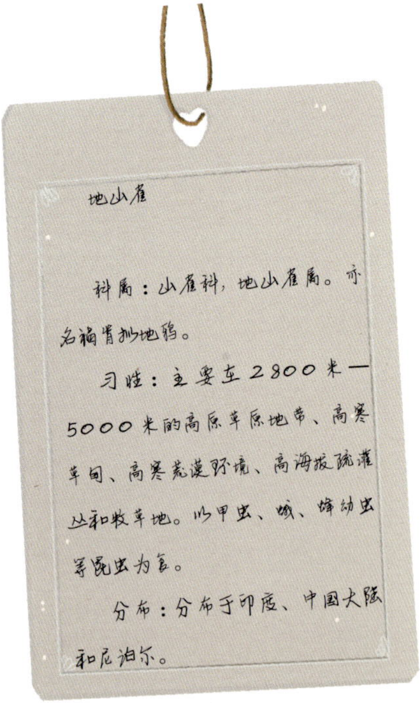

鸟在动物分类中自成一家，此前曾归入佛法僧目中，如今越来越多的观点支持把它单独作为一个目，为戴胜目。

拟地鸦或地山雀，当地人叫土钻钻，藏语为“特力”或“德德”，也是金银滩草原上常见的留鸟。它机警、敏锐，行走时双脚同步跳跃，鸣叫声长短结合，悠长清脆。古籍记载中的“鸟鼠同穴”之鸟，许多人误认为便是它，其实这是一种误解。青海民间之所以把它叫作“土钻钻”，恰是因为它有超常的打洞筑巢的本领，因此也不会在鼠洞中安家，它的巢穴会在较高的墙体或石壁上。小时候，家里

夯土垒墙，就让小孩子们看守着，以防“土钻钻”在墙体上打洞。而“鸟鼠同穴”之鼠，其实也是一种兔目小动物，即鼠兔。与之有共生关系的，是青藏高原常见的雪雀。雪雀与鼠兔合作——它以它的机警敏锐及时发现敌情，并用鸣叫声提醒、警告鼠兔，让鼠兔得以逃脱或安全转移，而它也会得到鼠兔在吃食上的回报。它们在防备天敌和共享食物上有着如此好的默契，继而达到生存的共赢，这是动物界的奇迹，大自然的奇迹。或许，我们对动物世界，对小小的鸟禽的世界尚知之处甚少，但我深信，那是一个与我们的世界一样广大深奥的世界。

三江源的最佳状态

san jiang yuan de zui jia zhuang tai

1

高原的夏天短暂而美丽。进入六月，南方、中原已经在盛夏的炙烤中酷热难耐，高原的夏天却依然在夏季的门口徘徊不前。刚刚走出冬、春的寒冷与清凉，人们有些不耐烦了，特别是那些急着要穿上飘逸的花裙子的女孩儿们开始埋怨了，“夏天到底来不来啊？”我在微信朋友圈里看到一个女孩儿如此质问着，表达着自己焦急又无奈的心情，却又不知这质问是冲着谁发出的。而就在这磨人的等待中，高原的夏天好像忽然得到了准入许可，一夜之间，抑或说是在一日之间就涌入了高原，占据了高原：逶迤的草原，昨日还是一片“草色遥看近却无”的样子，而今却已是一碧无垠。野花们肆意地绽放着，一片片、一丛丛地把草原原本的绿色修改涂染得姹紫嫣红。野花们的亢奋和激越，甚至会让人有些不好意思——其实，它们深知高原夏季的短暂，要在很短的时间里完成从开花到结果的全部过程，于是，它们就把自己天真烂漫、情窦初开、谈情说爱、婚嫁生子、养儿育女，甚至天伦之乐、颐养天年、寿终正寝等这一系列人生的美好与苦难，一股脑儿地展现了出来，它们抓紧时间，赶在高原的秋寒到来之前，演绎着自己精彩的一生，在人们表象的视野里，便也呈现出了一幅“幸福的花儿竞相开放”的大美景致，声势浩大。

也是因为高原的夏天短暂又美丽，不论是官方还是民间，把所有的节日和喜庆都集中到了这个季节，最明显的例子，也许就是南方的“三月三”在这里变成了“六月六”。到了这一天，高原的人们不分民族，纷纷涌向山头或林间，把自己掩映在碧野与繁花之间，开口高唱，一时间，歌声此起彼伏，你方唱罢我登

场。而他们所唱的歌谣，被这片土地上的人们叫作“花儿”，他们唱“花儿”时的那一份亢奋与激越，也堪比高原上野花们赶场一样肆意绽放的样子。

官方的各种活动，便穿插在民间的节日与喜庆之中，活动频繁，一场接一场，到了夏末初秋，还没有结束的意思。在这个季节，受邀参加各种活动，也成了常态。

八月中旬，我接到好几个活动的邀请，且在时间上相互重合——高原的夏季已近尾声，大家都赶着这最后的也是最美的时光的尾声。活动有草原赛马，有情歌竞唱，还有唐卡展陈。在我的想象里，所有这些活动，首先是季节的美意，是它给刚刚经历了冬寒春凉的高原人们提供了舞台，让人们有了一次展示自己技艺的绝好时机；其次，也是人们与自然的一次比拼吧——大自然以鸟语花香把这个季节点缀得声色绝美，人们享用着自然的赐予，却也不甘寂寞，便也加入其中，为大自然增添了一份人文的声音与色彩。

分身乏术，正在犹豫到底去参加哪一家的活动的时候，却又收到了一份特殊的邀请——“饮水思源，三江源探秘”

公益活动。我毫不犹豫，决定谢绝其他邀请，去赴这场三江源的邀约。

如此，便有了这次令人再不忘怀的三江源之行。

活动是由三江源生态保护基金会发起的，参加活动的人们来自不同省区、社会各界，有富商大贾，有文人墨客，有教授学者，组织者把参加者分成三组，分赴长江、黄河、澜沧江源头。我作为青海本土人，又曾经从事新闻工作，三江源头我都曾去过，去的最多的是黄河源头。就在去年，我还跟随几位《格萨尔》研究专家，去过一次黄河源，并且一直走到了地处玉树藏族自治州曲麻莱县麻多乡的黄河上源约古宗列。

约古宗列，是黄河母亲的母亲。那是一股清泉，悄然从大山的一隅喷涌出来，在大山上无声无息地蜿蜒着，让人无法相信，养育了中华民族的滔滔黄河，在她的源头部分，居然如此细小、羸弱。但细心一想，这又是多么正常，就像一个伟人，他也曾在母亲的怀抱里嗷嗷待哺，他也曾有过蹒跚学步的童年。这里的黄河，便是她的孩童期，我们所看到的，便是她在母亲的襁褓里娇小的样子。

那一次，我驻足在约古宗列清泉边，长久向着它行注目礼。我看到了它的稚嫩和天真，那样无忧无虑。它还不知道它将担当的重任，它随意而任性地流淌着，谁也看不出，当它有一天初为人母，便是那样袒胸露乳地斜卧在大地上，任她的子孙吸吮着她的乳汁。她不知道，她会有那么多的子女，那么多人呼唤她为母亲。那一天，我还用手捧起源头清泉里清冽无比的泉水，深深喝了一口。我心里想，这甘甜的泉水，不是黄河母亲的乳汁，而是她的母亲——约古宗列的乳汁。

见识过黄河源头，所以这一次，在内心里还是隐隐希望能够去长江或者澜沧江源头。待我前去报到时，才知道我被分到了黄河探源组，虽然心里微微有些遗憾，但还是欣然接受了组织方的安排。

因为我知道三江源每时每刻都是新的，即便是多次去过，当你再次来到这里，依然会看到一个全新的三江源。阳光、天气、风雨……这些不确定因素每时每刻都在点缀、塑造着不一样的三江源。

我也知道，大自然深谙美的意义，它懂得美一定不是

轻而易举就可以得到的，因此，它把大美青海的精华部分收藏在了高寒缺氧的三江源区，并以令人仰望的海拔高度把这里的美丽高高托举起来。大自然也只遴选守候着它的原住民和那些不畏海拔与严寒的勇敢者，以及那些与它有缘的少数人才能走进它，看到它珍存在这里的美景。

在行走之前，我就给自己预设了一个目标：目光向内，关注细节。就是说，此次行走，我将不像以往一样，让自己的目光迷失在山川江河、蓝天白云这样的大美之中，而是去留心一些细节，比如一只飞过的鸟，一朵绽放的花。为此，我特地带了两部照相机，准备了用来“打鸟”的长焦镜头。

探秘三江源的行走，就这样开始了。

2

探源活动的第一站到了青海贵德县，“天下黄河贵德清”的美誉，已经成为这里的旅游招牌。离贵德县城不远有一个小山村，依傍着黄河岸畔，这个村庄，从曾经的一个贫困村成为如今的旅游村。走进村里，满目碧绿，掩映在碧绿之中的村舍依然是曾经的泥墙土屋，就像是清贫人家出落的姑娘，穿着朴素，带着些许的忐忑和谦卑，却掩盖不住由内而外投射出的美。如今，这个小村落凭借着村里幽静的风光、绿色的美食，以及传承至今古拙的民俗，吸引了许多的游客。这个村子叫松巴，我知道这个名字与历史记载中的古老民族苏毗有着一定的渊源，但又不甚明了，于是主动与驻扎该村的一位县上领导取得联系，想在日后得闲时再来一探究竟——探秘三江源，一开始就遇上了需要探究的事，于我，这似乎是一种提示，提示我要用发现的眼光去打量这一路的所见，去发掘掩藏其间的美。

夜宿贵德县城，当喧嚣隐去，偶尔传来的犬吠声反而拉长了夜的宁静。

清晨醒来，戳亮了手机一看，时间刚刚过了六点，却神清气爽,并没有早醒的感觉,于是便决定起床到外面走走。

我就是在酒店后面的一座小果园里看到了那只红尾鸲。

果园很小，散乱地种植着一些梨树，树上的果实较少，枝叶之间偶尔挂着几只当地特产长把梨。据说，近年来长把梨出现严重退化，不但产量减少，果肉也变得粗硬干涩，让人难以下咽，但人们并没有放弃去种植它，因为如今，它成了花开季节的一种观赏植物了——贵德县每年都要举办的梨花节，便是由此而来。长把梨原本甘甜多汁，如今却酸涩难吃，这种变化，从植物学的角度去看，是对人类的一种背叛。据说，被人类驯化的植物并不甘心被人类长期食用——它们长出果实，原本也不是为了让人类食用的，而是为了哺育后代，繁衍子孙。所以，它们依然努力着逃脱人类，重返荒野，成为一种自由的野生物种。长把梨变得让人不能食用，这种“反叛”，也许就是让自己回归自然的一种“返祖行为”吧。

晨光暗淡，昨夜的犬吠声依然在某处忽然空洞地响起，这让我有些紧张，我一边谨防着野犬可能的袭扰，一边小心地向一棵棵果树走去，希望能够发现一些什么。那只红尾鸲忽然从我近处的一棵树上扑棱着翅膀，飞到了离我稍远的另一棵树上，让我不由惊慌了一下，我的目光立刻跟踪上了它，并从它发出的一声鸣叫声中立刻认出了它来。

我停下来，静静地看着它，它也静静地蹲在一根树枝上，悄无声息，不时地翘一下细长的尾巴。相信它也是在看着我。我们就这样四目相对了许久，它好像忽然想起了什么，飞离了它爪下的枝桠，向着暗淡的晨光飞向了远方。

英国著名探险家特里斯坦·古利认为，从进化论的角度讲，人类最为感兴趣的东西只有两样，即捕食者或猎物，也就是威胁和机会。人类的感官在处理日常接踵而来的各种繁杂信息的时候，最为关注的也是这两样。这位探险家进而论及人类的眼睛，他说：捕食者和猎物都会移动，所以我们在任何场合中最先注意到移动的物体，之后便会发现更加细微的线索。此刻我忽然想起了这位探险家的这句话，不由哑然一笑——我此刻的行为，多么像他所言，一边防备着可能的危险，一边又希望着看到什么啊。人的一生，似乎也是这样，一边防备着捕食者出乎意料的袭击，一边又渴望着一只猎物撞上自己的枪口。

这只红尾鸲成为我的猎物。

红尾鸲在青海广泛分布，计有褐红尾鸲、北红尾鸲、红腹红尾鸲、蓝额红尾鸲等多个品种。这种鸟十分勤快，似乎是草原鸟禽中起得最早的鸟儿。记得小时候，我去上学，每天要走五六公里的路，到了清晨六点时，母亲便开始催促我起床。后来我发现，每天早上，母亲就要喊我起床时，我首先便听到了红尾鸲的鸣叫声。这只勤劳的鸟儿，已经开始工作了。在小学四年级的作文里，我便写下过这样一段话：每天早上，当我懒得起床的时候，就听到窗外一只“火焰燕”——这是青海汉语方言中对红尾鸲的叫法——欢快的鸣叫声，它催促我赶快起床，也鼓励我赶快去学校好好学习。

把红尾鸲叫作火焰燕，显然是因为红尾鸲的颜色，而把它误认为是燕子，可能是因为红尾鸲降落在一处时，有着和燕子一样不断抖动尾部的习惯。无独有偶，环青海湖地区草原上的牧民，也用同样的经验和想象命名了红尾鸲，他们把红尾鸲叫作“喜尼策”，意思是被火烧焦的鸟儿。这个名字十分形象，且来源于牧民们熟悉的生活。红尾鸲有着橙红色的腹部和尾羽，整个背部则是黑褐色，间杂着灰白色，看上去就像是一团燃烧着的干牛粪：橙红色是熊熊的火焰，黑褐色是即将要燃烧且热量十足的部分，而灰白色，

则是边缘燃烧殆尽的灰烬。牧民们熟悉炉灶里牛粪燃烧的火焰，或许，红尾鸲的色彩让他们联想到了自己平日里庸常的生活。

而在贵德地区，当地藏族则把红尾鸲叫作“喜万德”，“喜”是鸟儿之意，而“万德”在安多藏语方言中特指小沙弥，意思就是，像小沙弥一样的鸟。在藏地，出家的小沙弥，身穿褐红色的袈裟，把自己整个儿裹拥在袈裟里，头部和四肢却裸露在外面。因为刚刚出家，他们还没学会出家人的沉稳和庄重，四处跑来跑去，还真的像一只红尾鸲。这一命名，紧贴大地，让庸常的生活升华到了生活一样庸常的信仰里。

在青海青南藏区，红尾鸲还有一个名字，叫“喜沃玛”，意思是新娘鸟，这是因为，每每到了求偶季节，红尾鸲身上的羽毛就会变得艳丽无比，就像是待嫁的新娘换上了新装——藏族牧民不但深谙生活与信仰之道，对大自然的观察也细致入微、了如指掌，他们就用这样的知识，命名着他们的世界。

在藏地，这样的例子似乎很多。

黄鹡鸰、黄头鹡鸰和白鹡鸰是三江源地区及环青海湖地区常见的鸟儿，分布广泛。牧民们把黄鹡鸰或黄头鹡鸰，叫“智喜”，而把白鹡鸰叫“沃喜”。在这样的命名里，也隐含着牧民们深刻的生活经验和想象。

“智喜”，意思是牛初乳般的鸟儿。牛初乳，是母牛产下小牛犊后的头一二天所产的牛奶，产量很低，与普通牛奶明显不同，呈淡黄色，且鲜亮无比，有着浓稠的黏性。据说，牛初乳是母牛为了让自己的小牛犊在新生环境下抵抗外来病毒及细菌感染而合成的天然抗体，含有丰富的营养物质、免疫因子和生长因子，牛初乳因此而金贵。而被叫作“智喜”的黄鹡鸰、黄头鹡鸰，平时也很少见，较为稀有。

记得小时候，放牧在草原，每每看到谁家的母牦牛产下了小牛犊，便偷偷约上三五伙伴，找一块有凹坑的石头作为容器，去挤刚刚做了母亲的母牦牛的初乳，再用牛粪生火，把石头架在牛粪火上烧烤，牛初乳被烤成一张饼状的东西，小伙伴们便开始抢着分食。那种绝美的味道，至今还在舌尖上。

鹡鸰

科属：雀形目，鹡鸰科。中国有白鹡鸰、灰鹡鸰、黄鹡鸰、黄头鹡鸰等种群。

习性：栖息于山区、河谷、池畔等各类环境中。以双翅目、鞘翅目昆虫为食。

分布：在世界各地广为分布。

“沃喜”，意思是白牛奶鸟。这样的命名，除了白鹡鸰羽毛的颜色外，另一个原因，则是它比起黄鹡鸰、黄头鹡鸰来更为常见，就像是白牛奶一样，比牛初乳产量高很多，因此在牧民的生活中也稀松平常。

天色渐渐亮了起来，当我回身走向房间时，听到了那只红尾鸲啁啾的鸣叫声。这让我想起了不久前在西宁，朋友带我去参观青藏高原生物标本馆的情景。这家标本馆，在西北高原生物研究所院内，平时不对外开放，朋友知道我平时喜欢花鸟，便通过熟人引领，进入了这家标本馆。

在标本馆里，当我看到那些鸟儿的标本时，心里却有一种不适感。它们被剥夺了生命，小小的身躯里填充着东西，装上了再也看不见东西的所谓“义眼”，或置于墙角，或挂在墙面，它们永远失去了作为鸟儿最为重要的技能：飞翔与鸣唱，也永远失去了自己的生境。

我就像逃离一般走出了标本馆，朋友看着我有些意外，问我是怎么回事，我搪塞说，尿急，要上厕所。

从标本馆出来，就在生物研究所外墙的角落里，却意外地见到了一只红尾鸲。它似乎并没意识到它要降落的地方会有人经过，当它落在一根我们可以平视的铁丝绳上之后，才发现有人离它只有咫尺之遥。我的朋友先我发现了它，便急忙喊我快看，当我的目光落在这只小鸟身上时，我发现了它眼中的警惕与惊恐。那一刻，它似乎忘记了飞离，愣怔着，一动不动，甚至忘记了它平时的标志性动作：不断上下摆动尾巴。

我和朋友停下脚步，看着那只红尾鸲，大概几十秒过去，它这才展翅飞走了。

刚从标本馆出来，就见到这样一幕，我对这个情景印象深刻，我甚至认为这其中包含着某种预示。

后来有一天，我读到英国鸟类学家、散文家赫德逊笔下的一篇散文，题目是《最佳状态下的鸟类》，令我惊讶的是，在这篇散文里，他描写了当他看到在一家博物馆里被做成标本的鸟儿们小小的尸体后的厌恶和失望，他甚至讲了一个故事，对标本这种东西的存在表达了他深刻的怀疑。这个故事是这样的：某处有一座教堂，这座设计独特，外观十分漂亮的建筑却没有窗户，教堂内部因此漆黑一片，以至于来做祷告的人彼此都看不见对方。为了解除教堂里

的黑暗，神父便雇用了一名老农，让这位老农每天拿着一只袋子，把外面的阳光装入口袋背进教堂里，“他蹒跚地走到教堂墓地中央站住不动，抓住袋子的口，伸出胳膊打开，约有五分钟，接着用一个突然的动作把袋口封上，可是依旧紧攥着，匆匆回到教堂……”那位老农每天重复着这样的举动，试图用从外面背入教堂的阳光照亮教堂内部。

这个故事是决绝的，偏执的，完全否定了标本可能的作用。他认为，把鸟儿做成标本，就像是那位农夫装在口袋里带到教堂里的“阳光”，是毫无作用也毫无意义的。他继而断言，最佳状态下的鸟儿永远属于自然，为此他还不厌其烦地举出各种例子，证明他的看法。他这样写下了有一天他看到一群银喉长尾山雀时的情景：“十二只银喉长尾山雀正在以它们通常散漫的方式飞行或滑翔到了我观望着的灌木，一只接着一只……披着淡白色，夹着玫瑰色和灰色的羽毛，尾巴长而优美，头部小而圆，像鹦鹉似的小鸟，栖息在垂悬的深红色柔荑花间，有的刚好安静地歇落在水面之上，其他的则四处跳动，偶尔吊在细瘦的枝梢，在下方的河面上倒映出来，河水和阳光给予了这幅景观一种仿佛童话般的魅力，几乎是梦幻似的特色。”

依照赫德逊先生的说法，观看鸟儿，必须要到大自然之中，只有大自然中的它们才是鲜活的、自由的，大自然赐予的每一个美好瞬间都没有重复性，而这样的美好，在博物馆、标本馆是看不到的。他的话也的确不无道理。然而，当我们把这样的观点放置在三江源区，却也让我们陷入了矛盾和纠结之中。伴随着三江源国家公园的建立，这里的保护段位大大提升，如今这里几乎处于关闭状态，人类即将完全撤离这里，把这里的一切交给鸟兽花草，我们不再打扰它们的生活。

这将是三江源的最佳状态，但这样的最佳状态是孤独的，是拒绝人们去欣赏的。

3

从黄河源区回来，我对跟随我们一起参与了此次活动的组织者说，在此次的各种邀约中，我做出了最为正确的选择，再一次领略了黄河源区的壮美，以不同的视野，从细节上看到了更多的美好。三江源之行，每一次走进，其实都是第一次，因为它呈现出来的万千景观，一只鸟，一朵花，每一次都是不一样的。三江源之行，每一次走进，也许就是最后一次，因为机遇难得、路途遥远，加上，人与自然定下的和谐共生的契约，将来，我们不再轻易走进它……

我想起了此行去三江源，在黄河源区看到的情景。有一天，在去往扎陵湖、鄂陵湖的路途中，我看到凹凸不平

的马路两侧的电线杆上，落着许多大鵟。有关专家说，这些电线杆的高度，恰好适合它们蹲坐在上面，观察地上的猎物，一旦看到猎物进入了它们的“射程”，他们便会立刻启动飞行程序,扑向猎物。但它们对我们的车辆却视而不见，这是因为它们已经知道进入这里的人们不会伤害它们。出于好奇，我让司机师傅停下车，拿出照相机对准了其中的一只大鵟，这时候，司机师傅问我：你是不是想拍到它起飞的样子？出于贪婪和好奇，我惯性地点了一下头，司机师傅便按响了汽车喇叭……此刻，当我写下这些文字的时候，我要向那只受惊的大鵟说声对不起。我由于紧张，并没有拍下你起飞的样子，即便拍到了，我也不会示人。

我还发现，作为猛禽的大鵟，并不在意落在它身边的戴胜鸟，它们之间为何不是弱肉强食的生物链关系，为何可以相安无事，和睦相处？我想知道其中的答案。

从三江源区回来，才刚刚一月有余的样子，我却时时会想起它。想起这些，其实是对三江源的思念，对三江源的思念是永远的。

最近读到英国探险家特里斯坦·古利曾写的一篇题为

《如何在池塘中看见太平洋》的文章。在这篇文章里，他详细描述了在他家门前的池塘里看到水的涟漪在一块石头周围荡漾和弯曲的情形，继而他想象那块平时用作踏脚的石头是浩瀚太平洋中的一座岛屿，而当轻风吹过，在它周围形成的涟漪，是太平洋中浩荡的涌浪，石头下平静的池水，则是太平洋中在岛屿阻挡下形成的无浪区。如此，他从他家的池塘里看到了太平洋。其实，这样的观察与想象并非空穴来风，那些优秀的航海家和水手正是像特里斯坦·古利先生一样观察海面上看似毫无规律的水波和涌浪，才发现航船前方的岛屿甚至掩藏在水面下的暗礁。对他们来说，海面上繁复无序的各种水纹，其实是一张指明了航向的海洋地图。

这是与鸟类学家、散文家赫德逊先生截然不同的观念。特里斯坦·古利或许能够教会我们从展陈着三江源区各种花草和鸟类标本的博物馆、标本馆里去看到三江源，但这显然需要知识的支撑，需要想象力，从而获得见一斑而窥全豹的能力。

他乡故知是麻雀

ta xiang gu zhi shi ma que

家雀与树雀

早在一百多年前，瑞士博物作家欧仁·朗贝尔就认真细致地观察和描述了麻雀这种小鸟，当他用精准生动的文字让那些家麻雀和树麻雀们跃然纸上的时候，有一个问题也一直纠结在他的心里，让他好奇又疑惑，那就是：这些麻雀来自哪里？这是一个基于科学意义的思索，因为如今的麻雀——不论是家麻雀还是树麻雀，早已经和人类“休戚与共”了——它们的鸟巢搭建在人类居住的屋檐下或墙角里，建造鸟巢的材料甚至也来自人类生活中的一些废弃物，有时，纸屑或塑料碎片也成了枯草、兽毛这些“原始建筑材料”的替代品，它们的食物，也大多是人类食用的粮食和食物的碎屑。但是在这之前呢？欧仁·朗贝尔试图

通过观察发现隐藏在麻雀身上的这些久远往事。他发现，那些家麻雀有时也喜欢在一棵大树的枝叶间过夜，于是他猜测“这是不是对原始本能的最后一丝保留”？但欧仁·朗贝尔知道，这也仅仅是他的一时猜测而已，在他看来，这是一个“无法通过特定的科学知晓，也没有任何资料可供查询”的疑案，但他确信，麻雀们“不是人类创造的，在人类之前就独自生活着”，它们喜欢在“最繁忙都市的市场大厅或尘土飞扬的街区安营扎寨”，是在相当长的时间内，好多个世纪，一步步发展到这样的。他说：“麻雀喜欢寄生在人类房屋的这种习性只能解释为它逐步适应了我们住所周边环境提供给它的生存条件。”

虽然这是一个无法找到实据的疑案，但欧仁·朗贝尔始终没有停息他的思索和探寻，他发现，如果把家麻雀和树麻雀放在一起比较，它们之间的行为举止却有着很大的不同，家麻雀越来越喜欢人口稠密的街区，而树麻雀则更喜欢停留在人类生活区域与自然草木的边缘地带，他形象地比喻说，家麻雀是“城市化的麻雀”，而树麻雀则是“农民化的麻雀”。欧仁·朗贝尔还发现，伴随着人类生存环境的不断城市化——这在如今的我国更为突出——树麻雀，这个家麻雀的乡村表亲，也从农村走向市郊，再从市郊走向城里了。他对这种趋势还是心存疑虑的，他用惊醒的语言对树麻雀说：“树麻雀，我的朋友，小心啊！你正在步你兄弟的后尘！”

其实，家麻雀和树麻雀的区分，始于1758年，是由瑞典博物学家冯·卡尔·林奈命名。被叫作“家麻雀”的是一种在欧洲常见的麻雀，它们早已习惯生活在城市，它们的鸟巢就搭建在城市的高楼之上——工厂、商城的那些钢筋水泥结构的缝隙和凹槽成了它们的理想居所；被叫作“树麻雀”的,则是一种在欧洲的城乡交界地带常见的麻雀，

它们大多以群体的方式觅食，喜欢飞落在树木上，在树木的枝叶间嘈杂而喧闹地鸣唱。这也是瑞士作家欧仁·朗贝尔把它们形容为城市化与农民化的原因。在我国常见的麻雀——即便是混迹于城市的高楼街道，飞翔于车流与人流穿梭不停的马路市井上空的，其实还是树麻雀。

即便如此，这种“城乡差别”，也体现在同类麻雀的内部。

有一次，我去了青海省海南藏族自治州州府所在地恰卜恰镇，在一个小区的绿化带里拍到了一群正在觅食的麻雀。抑或是城镇的麻雀原本就没有城市里的机灵——就像分别居住在城市和乡村的人类一样，抑或是这样一座基本由信仰藏传佛教的藏族人口居住的城市，以佛教的慈悲和不杀生理念宠坏了它们，它们一点也没被我的相机镜头所惊吓，我在离它们三五步远的地方拍下了憨态可掬的它们，因为对我没有任何戒备，照片上的它们因此显得清晰而灵动。我把照片发在微信朋友圈，并没有说明拍摄地，但还是有人一眼就看出来了——青海著名撒拉族诗人马丁在朋友圈留言说：从麻雀洁净的羽毛上可以判断，它们不是西宁的麻雀。

是的，走在西宁的街道，也经常会看到麻雀，但这些麻雀身上却黑乎乎的。我也曾注意到过别的城市里的麻雀，它们同样难免沾染着一身黑乎乎的东西，几乎看不清羽毛的颜色。每每看到它们，我就会想，这些可怜的精灵，在这一座座貌似光鲜的城市里,正在遭受怎样的难堪和无奈?它们的夜晚，是在怎样一个藏污纳垢的地方度过的呢？让它们都不能打理干净身上的羽毛！它们在这一座座似乎要跟大自然原本的相貌进行着顽强抵抗的城市里，在钢筋水泥筑就的高楼大厦的缝隙里飞翔或蜗居，被人类依照自己的喜好和审美严格规划和改造过的绿地上觅食，因为不断有人要走近它们，它们不得不一边忙碌，一边警觉地盯着来往的人群，不断地飞起来，落下，再飞起来，再落下，几乎没有一刻的空闲和安宁。

相对于城市里的麻雀，乡镇以及村庄里的麻雀似乎更安然自得一些，至少，它们的外套——那一身棕色和黑色间杂的羽毛，要比城市麻雀干净许多，能看出本来面目，这甚至成为把它们与城市麻雀区分开来的，可以引以为豪

的外在标志。

但它们依然要选择城市，接受不断向它们迈进的城市化进程。这是对事物发展规律的一种妥协或认同吗？但小小的麻雀，却又保持着它从不改变的个性：几乎所有的麻雀都生活在有人群的地方，但几乎所有的麻雀都拒绝了人类，拒绝了人类对它们可能的饲养。即便是一只刚刚学会飞翔的麻雀雏鸟，它们同样会拒绝人类给它们的嗟来之食，一旦被捉，它们就会绝食，直至把自己饿死。有资料说，麻雀被捉后，在陌生的环境里，它的肾上腺素会急剧增加，心跳加快，血压升高，身体因此会分泌毒素，毒死自己。小时候，我们经常捉到翅羽未丰的麻雀雏鸟，试图饲养，但即便是给它最爱吃的青稞种子或者柔软油腻的毛毛虫，给它用绵软的羊毛搭建窝巢，比它曾经的那个用枯草和碎毛搭建的窝巢好上几倍，它也会视而不见，悲凉地鸣叫着，一副视死如归的决绝样子。瑞士作家欧仁·朗贝尔对麻雀的这种不屈服的倔强行为充满了赞赏，他说：“家麻雀是一种参与人类生活，但丝毫未被同化的小鸟。我们关于它能说的全部内容都基于这一点。”他甚至用一种充满

羡慕的口吻说："它是它自己。"

不论是麻雀还是我们，心里都应该留恋着曾经的故园，葆有一份与我们的历史过往紧密关联，也与我们的未来梦想紧密相关的悠悠乡愁。

画鸟与飞鸟

对鸟类的不断观察，使得我对鸟类有了一定的认知，

许多常见的鸟儿，我已经能够从它们的体态、羽毛颜色及其他一些特征上很快能认出它们来。辨识鸟类甚至成了我的一种习惯和乐趣，不论是在生活环境中看到一种鸟类，抑或是在画面中——电视屏幕、图片、美术作品中看到鸟类的形象，我都会调集我有关鸟类的知识和记忆，去辨认它们。我发现，出现在许多画家笔下的鸟类，特别是出现在国画中的鸟类时常含混不清，不知道是一种什么鸟儿。在我的微信朋友圈里有几位画工不错的作家，他们时常画一些鸟禽在纸上，发布出来，养成了辨识鸟类习惯的我便去仔细辨认画中的鸟类，却往往一头雾水，找不到现实鸟类与画中鸟儿的对应关系。百度及一些其他电脑软件有了图片搜索辨识功能后，我也时常把这些画作中的鸟儿置于搜索引擎中，发现这类软件与我一样一头雾水。曾经读阿来的《草木的理想国》一书，书中写及梅花时，有这样一段话："咏花而不见花，这是中国文学甚至中国文化中的一种'不及物'的态度使然，所以，国人可以没有观察过梅花而作梅花画，写梅花诗。"于是我恍然:国画中的鸟儿们，其实也是"不及物"的，只是一种写意手法的表达而已。

很多次，我在网上，在我的微信朋友圈里发布一些好不容易拍到的野生鸟雀的照片，有人就会问，这跟麻雀有什么区别呢？或者直接说，这不是麻雀吗？在我看来，这些野生鸟类与麻雀有着截然不同的区别，照当下的话来说，是辨识度极高的，那么，这些朋友为什么会认不出来？为什么会混淆呢？

或许，中国文化中的这种"不及物"的态度，也使得大多数的国人在观察事物时，总是忽略了事物的个性而只

看到它们的共性，这也是大多数的国人从来不会区分麻雀与其他鸟儿的原因。

我还发现，总是把麻雀与其他鸟儿混为一谈的，是有“城乡差别”，甚至还有农耕与游牧文化不同背景的差别的——越是城里的，便越不能区分；越是农耕文化背景的，也越是“不及物”。我曾和几位来自草原的藏族歌手谈及我正在书写一些关于鸟儿的文字，他们听了便表现出浓厚的兴趣，给我讲述了许多有关鸟儿的见闻，此后，他们每每到了一些地方，发现好看的鸟儿，便会尽量拍照片发给我，电视里播放有关鸟类的纪录片，也会打电话或发微信告诉我。仅凭着图片，他们就可以说出许多草原上的鸟儿的名字，也从不会混淆不同的鸟类。

于是，我也在想，城市里的诸多规则，使得人们与麻雀——那些与城市规则形成对立的自由与不屈的精灵越来越疏远，这自不必说，即便是农耕文明的发展，也使得许多事物不断地趋同化，像不断耕种的麦田一样，规范和整体划一成为农民们对事物的认知方式，忽视了区分事物的个体差异。而游牧文化的随性和自然，则更多地强调了事物的异质性，在众多相同事物中发现其不同的所在，可能还是游牧文化的一个特点。这让我想起曾经的一件往事。一位出生在内地的电视编导，拍摄制作了一部有关草原牧民的电视纪录片，其中有一组画面，说的是两个牧民家的羊群合群了，这两个牧民正在把各自的羊群分开。这位编导便理所当然地认为，羊群合群，难以区分，两个牧民便以各自家庭拥有羊群的数量为依据，大致把羊群分成了两群，并如此写进了解说词里。其实，小时候曾经是一个牧童的我很清楚，在任何一个牧民眼里，每一只羊都是不一样的，就像他家里人以及和他认识的人一样，每一只羊都有一张不同的面孔，甚至都有各自的名字。区分合群的羊群，对他们来说易如反掌。

由此我也相信，在草原长大的孩子，一定能够区分出各种鸟雀的不同，一定会注意到每一种鸟儿不一样的特点。因为，那些在田野或草原上筑巢、觅食、飞翔在大地上的鸟儿们，对他们来说，就是他们的玩伴儿。记得我小时候，赶着牛羊在草原上放牧，偌大一片地方，除了牛羊，就只有我一个人，躺在草原上，看着远山的天际边悄然变换着模样的云朵，看着铺在草原上赤橙黄绿的野花，我不由地会开口和它们说话，我问云朵：你要去哪儿呢？我又问一朵野花：你高兴什么呢？这时候，一只鸟从我的眼前飞过，它的翅影立刻吸引了我的目光，把我的视线吸引到了它的身上——比起云朵和野花，它更具有生命的动感，于是，我站起来，朝着方才小鸟飞过的地方追了几步，大声朝它喊起来：你这么急急忙忙的，是要去聚会吗？我至今记得，我看着云朵、野花，还有小鸟的目光是那样的专注——如果那只小鸟恰好是落在我的不远处，我会仔细地观察它的每一个部位，它的头、眼睛、爪爪、尾巴，当然还有羽毛，羽毛的颜色、也许就是这样，使得我从小就有了堪比自然博物学家一样的观察能力。

而那些在城市长大的孩子，从小就受到了一种共性意义上的规范训练，对于事物的记忆，也更趋于数字化或概念化,比如街道的位置与走向等,认知与区分事物个体形象、不同的天性，反而可能在这个过程中被泯灭了。他们有很多的玩伴，他们更是有各种各样的玩具。有时候我也在想，或许就是那些玩具，剥夺了他们观察世界的目光，使得他们的目光停留在玩具之上，忽略了周边的世界。世界便以不与他们交往的决绝，把陌生的一面展现给了他们。

我也认为，在中国的家庭教育中，注重足不出户的阅读和学习，却忽视了自然课的教授。这大概也是大多城乡长大的孩子“不及物”的一个原因。我发现，我周边的朋友们，几乎把所有鸟儿都叫作麻雀，特别是雀形目的鸟儿，在他们眼里，那一定是麻雀。

“我的眼睛被委以发现它们的重任。”美国著名自然文学作家约翰·巴勒斯如此说过。同样，作为一个热爱自然、热爱鸟类者，我依然拥有一双牧童的眼睛。尽管，每一种鸟儿大体一样，就像是在青海方言中一首行酒令中所描述的那样：

一只鸟儿一个头，

两只眼睛明啾啾，

两只爪爪扒墙头，

一只尾巴在后头。

但在我眼里，我能发现每一只鸟都是一个独立而不同的个体。

候鸟与留鸟

人类依据鸟类的生活习性，对鸟类的一个基本分类：候鸟与留鸟。

“燕雀安知鸿鹄之志”，这句话，典出《史记 · 陈涉世家》，意思是燕雀怎么能知道鸿鹄的远大志向，比喻平凡的人怎么能知道胸怀理想的人的志向。《庄子 · 内篇 · 逍遥游》则通过一个故事，讲述了“鸿鹄”与“燕雀”的彼此不屑和不解。其实，这里所涉及的几种鸟类——鸿鹄，据说是指属于近亲关系的大雁与天鹅，而燕雀，则指一种雀科鸟类或者是燕子与麻雀，将“鸿鹄”与“燕雀”相对应，其实就是把候鸟与留鸟对应起来了——尽管候鸟与留鸟，从鸟类的习性上来说，不是一个完全相对的概念。作为候鸟，迁徙是它们的习惯，它们必须依据季节和时间飞向远方，而作为留鸟，留守故园，才是它们所要坚持的必须。对于

这一点，瑞典作家欧仁·朗贝尔却直接站在了“燕雀”的立场上。他以一种欣赏的笔调这样描述了家麻雀：它厌恶孤独，对迁徙也没一点儿兴趣，甚至散步对它来说都是庸俗的乐趣。它有自己的社区、自己的街道、自己的席位，这才是它的舞台，绝不远离。

2018 年 5 月 5 日，全球观鸟日，青海湖管理局的官方网站发布了一个有关青海湖鸟类的帖子，朋友转发给我，我浏览完后，发现尽数都是候鸟——其实，将候鸟指认为属于某个地方的鸟，原本就是一种错误，但在青海，这似乎是一种现象，许多摄影爱好者，有的以“打鸟”者自居，他们所拍摄的，大多也是候鸟，对当地的许多留鸟却视而不见。也许，恰是因为青海湖畔有一座鸟岛，原本也是属于青海旅游的“招牌菜”，为了让这里的鸟儿获得生态文明建设的更多的呵护，如今已宣布关闭。那是每年春夏季节许多候鸟来栖息、产卵、哺育幼鸟的地方，人们对它的关注程度过高，也凸显了对更多种类的留鸟的忽视。我也发现，候鸟作为各地容易看见的鸟类，有关它们的资料很多，但关于留鸟，特别是像环青海湖地区这样的偏远地带，生活在这里的留鸟就很少有人问津了，有关它们的资料也就少之又少。我曾在一篇文字里写下这样一段话：如果把青海湖鸟岛上的候鸟比作游客,那么,金银滩草原上的这些留鸟,就是世居当地的土著，对于它们的休养生息，我们不仅要关注“游客”，更要关注“土著”。

环青海湖地区是藏族情歌“拉伊”的主要流传区域,这种情歌时常以杜鹃鸟——候鸟、百灵鸟——留鸟为起兴意象，抒发恋爱男女之间的走与留、守与散、等待与重逢等情感与心绪,委婉动听,直指人心。依照这种比喻,那么,“鸿鹄”与“燕雀”也不必非得是一种彼此不屑与不解的对立关系，彼此间或许还可以心怀一种凄美的思念与悲欢。

要么读书，要么旅行，身体和灵魂总有一个在路上。这是时下极为流行的一句“鸡汤”。有关这句“鸡汤”的出处，还出现了不同的说法与争议。其实，这句话说的还是去与留的关系，只是用一句“在路上”偷换了概念，把去与留都归结成了一种行走方式。而与这句话相对应的，也是时下一种流行的生活态度，那就是“宅”，由此还出现了一种新新人类，叫“宅男”“宅女”。这种生活态度，似乎是对“在路上”的行走方式的一种对抗，强调了“留”的重要性。从这两种完全相对的表述中，也反映了当下人们面对自身“压力山大”、复杂浮躁的生活的一种矛盾心理。实际上，正如“鸿鹄”与“燕雀”，“去与留”只是不同的人群各自不同的生活方式，没有孰对孰错，就像我们不能因为候鸟的迁徙而去指责留鸟的守候，反之亦然。

麻雀，这小巧的留鸟，把远方留给了那些“鸿鹄”，留给了候鸟，自己心安理得地留了下来。留下来，每天和人类“厮混”在一起。厮混在人类生活的地方，这些麻雀也就沾染上了一种属于人类的烟火气——当它们不再觅食，也不用去飞翔的时候，就聚集在一棵树上或者一片草地上，高声喧闹，嘈杂不止。恰似人们在商场、车站等公共场所的一种行为，我行我素地张扬出了一种世俗的味道。

一百多年前，一位遁世修行的藏族喇嘛敏锐地从麻雀身上嗅到了这种世俗的味道，于是，他写下了一篇文字。

麻雀，藏语叫作“启哇”，但大多数人会把它叫作“希德”或“青希”，意思是小鸟或家雀，很少有人知道，它还有个名字叫“嘎兰达嘎”。这位叫洛桑夏智嘉措的喇嘛曾写下一篇题为《答嘎兰达嘎问》的文字，据说是一篇韵文和散文间杂的文体，但已成佚卷，后人根据当地老人的记忆，记录下了这篇文字的诗歌部分。这是一首以藏文三十个字母起头的藏头诗，全诗以诙谐幽默的语言描写了一个在密林深处修行的僧人和一只麻雀间的对话，话题涉及入世与出家、静修与喧闹、贪婪与知足等，妙趣横生，令人忍俊不禁。

我的朋友喜欢行走，而我喜欢“宅”着。我们的状态，恰是“鸿鹄”与“燕雀”，但我们从不彼此不屑或不解，反而很欣赏对方。近日朋友去了新西兰，她知道我喜欢鸟儿，便拍了生活在那里的许多鸟儿发给我——那里的鸟儿受到人们充分的尊重和保护，对人类已经没有太多的防备，朋友用手机就拍到了许多美丽的鸟儿。显然，这些鸟儿超出了我的认知范围，大多数鸟儿，我从未见过。出于好奇，

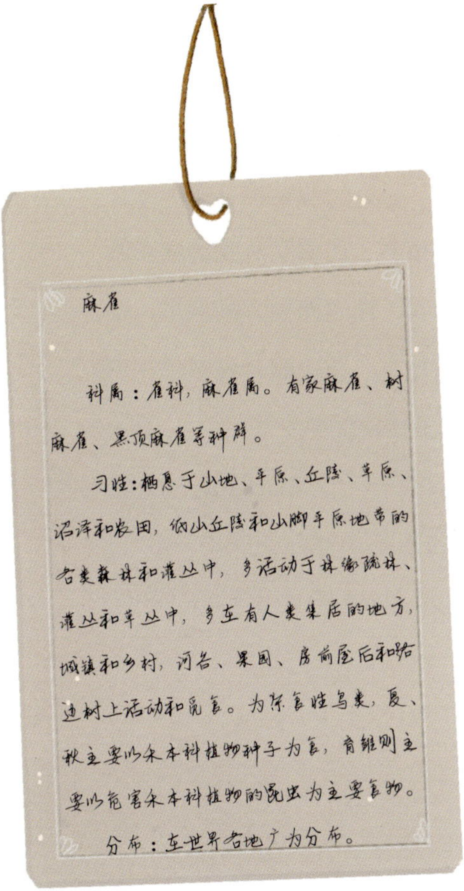

我问她，见没见到麻雀，她说她留意。没过几日，她便发来了她在毛利人居住区拍到的麻雀。还告诉我，她早上醒来，听到了麻雀的鸣叫声，觉得是那样的熟悉和亲切。她的话，也让我想起了我在四处行走时与麻雀的一次次相遇。

我不知道，是不是每一个地方的麻雀——不论家麻雀或树麻雀，以及其他的麻雀——都有着各自相同的长相和鸣叫，就我有限的游历，我是肯定这一点的。有时出差在外，清晨醒来，听到窗外麻雀叽叽喳喳的叫声——就像我的朋友一样——就会有一种恍若躺在家乡老屋熟悉的床榻上的亲切感。而每每看到在交错的高楼和被纵横的电线切割成碎片的城市的天空里从容飞过的麻雀，抑或是飞落在乡村的屋檐下以及在草原帐篷的缆绳上的麻雀，也会一眼认出它熟悉的身影，它完全是在家乡看到过的模样，仿佛它从我的家乡刚刚飞来，抑或，一直在这里等我，在这座别人的城市，别的田野牧场，让我在这陌生的地方，感受到一种熟悉，消解如我一样流落他乡的人们心里的孤独和乡愁。

他乡遇故知，被说成是人生一大快事。但很多时候，这是可遇而不可求的。但麻雀却是个例外，只要你用心，在别的地方，你一定会看到就像是从自己家乡飞来的麻雀，听到它们熟悉的啁啾的鸣唱。

所以，他乡故知是麻雀。

一只鸟儿的名字

yi zhi niao er de ming zi

1

孙频来青海，瞎聊，聊及我的童年，她很好奇，于是，我把记忆里有关我童年的好多事儿讲给她听。人说，童年一如早晨，我就先给她说起了我童年时的早晨。

那时我大概七八岁的样子。

每天早晨，我都是在哗啦啦的水声中醒来的，而那哗啦啦的水声总是从梦中延续而来：正是湟鱼洄游季节，村边流往青海湖的小溪流里满是鱼群，它们密密麻麻地拥挤在一起，逆流而上，似乎比溪流里的水还要多。它们奋力摆动着灵动的身体，水面便沸腾起来，水花四溅，整个溪流就像是滚烫的沸水在流动——春日的暖阳点燃了它的激情，令它青春勃发。而我和我的小伙伴们比青春勃发的溪流更欢快。我们赤身裸体，扑腾在溪流中，与鱼群一起嬉戏着，鱼群不断撞在我们的腿上，肚皮上，我们的皮肤上不断涌起一阵阵麻酥酥的感觉，我们便快乐地尖叫起来。但哗啦啦的水声毫不费力地掩盖了我们的尖叫声，这让我们有些意犹未尽，于是我们提高声音，试图用尖叫声压住水声，哪怕在某一瞬间高过水声，让世界听到我们的快乐。

就在这时候，我从梦中醒了过来。睁开眼睛的瞬间，河水不见了，鱼群消失了，我恍惚地看看周围，发现赤身裸体的我并不在溪流里，而是在被窝里，身上的被子被蹬到了一边，蜷缩在脚下。

卧室外，已经穿戴整齐的阿妈正在洗手。

其实，那哗啦啦的水声，是阿妈洗手发出的声音。

阿妈是家里最早起床的人，起床后的第一件事，便是洗手——阿妈拿起家里的大铜勺，从水缸里舀上半勺水，把铜勺把儿牢牢夹在腋窝里，勺头微微上翘，她一弓腰，铜勺里的水便徐徐流了下来，阿妈用双手接住，不断地搓揉起来，哗啦啦的水声便响起来了。

阿妈洗手是为了挤牛奶，这也是她每天早晨要做的第二件事儿，也是她忙碌的一天的开始。

这是一个叫铁卜加的小牧村，家家户户都养着牦牛。白天在草原上放牧牦牛，天黑时分，把它们赶回家里，拴在离自家黄泥小屋不远的拴牛绳上。这种拴牛绳，藏语叫“当”：一条用牦牛毛搓成的牛毛绳抑或一条用牦牛皮切割做成的牛皮绳足足有十几米长，它被两根粗大的木橛子或铁橛子从两头固定在草地上，在这“当”上，按着比例，每隔一二米又系着一根根一米左右的拴绳，拴绳的顶端做成了一个环，环眼直径三四厘米。与这个环眼相配套的，则是每头牦牛的脖子上像项链一样系了一条绳子，绳子下端又系着一个用木头或牛角做成的绊扣，藏语叫“恰如”，“恰如”始终向地面下垂着耷拉在牛脖子下。拴牦牛时，把它赶到属于它的位置的拴绳处——每一头母牛都有它固定的拴绳——把“恰如”扣在拴绳上的环眼内，它就跑不掉了。需要解开它时，把它脖子下的“恰如”从属于它的那根拴绳顶端的环眼中退出即可——后来我知道，唐古拉山，藏语叫“当拉”,就是拴牛绳山的意思。偶尔查阅相关资料，惊奇地发现，唐古拉山绵延千里，主山脉高大巍峨，纵横

的沟壑以一定的规则分布在主山脉左右，像极了一根被我们叫作“当”的拴牛绳。我还发现，长江的南源叫“当曲”，此处的“当”与当拉山的“当”是同一藏语的汉语记音，即是牦牛绳河的意思。当曲河，纵横的溪流在一条主河道上形成了辫状河网，也像极了一条我们叫“当”的拴牛绳。

阿妈挤牛奶，我需要做一些辅助工作。所以，每天早上听到哗啦啦的水声，我就会醒过来，与鱼群嬉戏的美梦也瞬即结束，留下一缕没有捕捉到鱼儿的遗憾和不甘在心头。我的辅助工作就是把拴在“当”上的小牛犊解开，让它吃几口母牦牛的奶，接着再把它拴起来。

小牛犊们的“当”在离它们的母亲稍远一点儿的地方。

挤牛奶的时候，阿妈走到一头母牛前，我急忙把属于这头母牛的小牛犊解开，小牛犊便迫不及待地冲向它的阿妈，俯身在它的阿妈的肚皮下，开始吃奶，我站在一边，看着小牛犊，当它欢快地摇动起尾巴——这说明母牛的乳头开始下奶了，我便一把把它拽开，拖着它走到属于它的拴绳的地方，再把它拴起来。小牛犊意犹未尽地而又无奈地看着它的阿妈。我的阿妈便蹲在它的阿妈的一侧，开始

挤牛奶——贪婪的人类，便是这样掠夺着原本属于小牛犊的乳汁。

挤完牛奶，阿妈把牛奶集中在一只木桶里，收拾妥当，便把母牛解开，把它们赶到前方的草原上。它们的小牛犊这会儿还被拴着，母牛和小牛犊互相呼唤着，依依不舍地告别着。我和阿妈回身进了房屋。

阿妈用刚刚挤来的新鲜牦牛奶烧了奶茶。早饭几乎是一成不变的：在碗中抓一把糌粑，放些许酥油，一小撮颗粒状的干奶酪——我们把它叫“曲拉”，再在碗里注满滚烫的奶茶。食用时，一边将融化后漂浮在奶茶表面的酥油吹到一边，一边喝奶茶，直到碗中剩下适合把碗底的糌粑搅拌成团的奶茶时，伸出右手中指，把奶茶与糌粑搅拌起来，揉成一团，在空出来的碗中再添满奶茶，就着奶茶，吃完糌粑。这种吃法，在我的家乡叫“甲塞”，意思是以茶相迎，预示着新的一天的开始，极有仪式感。而在农业区，则叫“豆玛”，不知何意。

等母牦牛走远，已经从视野中消失了的时候，我一天的工作便开始了——放牧小牛犊，这是在挤奶季节我每天一成不变的工作。就像刚才阿妈把每一头母牛从“当”上解开一样，我也把一头头小牛犊从“当”上解开，把它们赶到与它们的阿妈相反的地方去吃草。我的工作的重点，便是谨防小牛犊与它们的阿妈见面——如果它们见了面，小牛犊就会冲上去吃奶，等晚上把母牦牛赶回来，阿妈也就无牛奶可挤，如果这样的事情真的发生，我也免不了阿妈的一顿暴揍。

太阳睁着惺忪的眼睛坐在东方的山头上，刚刚起床的样子。与太阳一起起床的，还有那些麻雀，它们叽叽喳喳地叫着，飞到母牛和小牛犊们的“当”那里，这会儿，“当”的地方空空荡荡，留下了牛们的一堆堆牛粪。麻雀们便在牛粪里搜寻着，开始了它们的集体会餐。它们一边觅食，一边警觉地注意着我。而我对它们却是视而不见的，不断从它们觅食的地方走过，它们便在我走近时起飞，待我走远了又落下来。这其实是人与鸟之间的一种默契，它们知道人并没有伤害它们的恶意，不断地起飞与落下，似乎只是以一种示弱的方式，表达着对人的尊重。

麻雀是一种很黏人的鸟儿，但它同时对人类充满了高度的警惕，它们从来不接受人类的饲养，却始终活动在人类生活的区域，不论是城市还是乡村，总能看到麻雀在飞来飞去。在人烟稀少的草原，只要有村舍，或者搭起了几顶帐篷，那些不知道从哪里飞来的麻雀们也立刻出现在这里。一旦离开这些地方，走入旷野，麻雀便越来越少，取而代之的是百灵、云雀、鸲、鹡鸰等，而更多的是雪雀。

我并不是个话痨，但孙频专注倾听的样子却让我有了倾诉的欲望。由童年，我又说到了故乡的鸟儿。在我童年的记忆里，充满了鸟儿飞翔的翅影，远方、向往、想象，甚至孤独、忧伤，这每一个词，都与童年有关，也与鸟儿有关。于是，我说到了麻雀，也说到了雪雀。雪雀是我童年最熟悉的鸟儿。

2

雪雀，在环青海湖草原上有一个奇怪的名字，生活在当地的汉族人称之为“邪乎儿”。“邪乎儿”在青海汉语方言中，同时也指蜥蜴、壁虎等。一种鸟儿，何以与它们同名呢？后来我才发现，“邪乎儿”其实是蒙古语中“小鸟”之意。蒙古语谓小鸟音近“邪乎”，而后面的“儿”则是北方汉语中的儿化音所致。

后来我发现，雪雀的名字很多很多，首先，我在已故著名藏学家南喀诺布所著的《北方游牧志》（藏文）里找到了它的另一个名字。

在《北方游牧志》中详细记述了一种叫“阿达嘎玉”的小鸟，我把这一段描述翻译成了汉文。书中这样写道：令人惊奇的是，在被鼠兔所占据的地方，就会有一种叫“阿达嘎玉”的小鸟。这是一种全身灰色，长着黑色嘴喙和深灰色爪子的小鸟，身长比卡纳日（疑指麻雀）小鸟略大一些。

这种小鸟数以千计，它们分散地与鼠兔生活在一起，像鼠兔一样居于洞穴之中，鸟蛋也产在洞穴深处。平日里，这些小鸟从洞穴爬出时，便趴在鼠兔的背上让其代步，当鼠兔返回洞穴时，它们因为洞口的阻挡便从鼠兔背上滑落下来，看上去十分可笑。当地牧人说，这种叫“阿达嘎玉”的小鸟，会带着鼠兔翻山越河。虽然有这样的说法，但我却从未亲眼见到。牧人们之所以这么说，是因为原本没有鼠兔的地方忽然会出现数以百万计的“鼠兔大军”，随之也会出现数以百万计的鼠兔洞穴，使得一片新的草场很快变成一片不长草的黑土滩，牧人们因为牲畜没有牧草吃而不得不迁徙到别的地方。这些鼠兔从一个地方转移到另一

个地方，依靠它们自己的身体和能力是做不到的，牧人们便认为，它们能够翻山越河到达另一个地方，是得到了“阿达嘎玉”小鸟的帮助。也多次听到一些牧人说，他们亲眼见过“阿达嘎玉”抓着鼠兔飞过山岗。总之，牧人把“鼠兔大军”看成是一个地方最大的灾难，只要有“鼠兔大军”到达一个地方，这个地方的牧人便将各地的喇嘛（禅师）邀请而来，举行各种驱散、击退“鼠兔大军”的禳解仪式。我们看到的事实是，原野上有些牧场和草山尚没有一只鼠兔，而有的地方已遍地都是鼠兔；有的地方刚刚被鼠兔控制，而有的地方的鼠兔已逾百万，变得满目疮痍；多年前已经变成黑土滩的地方，鼠兔越来越少，又开始恢复生机，长出了新的牧草。到了冬天，鼠兔不再走出洞穴，它们在夏、秋季节就储备好了草料，特别是营养丰富的蕨麻和野胡萝卜，它们便享用着这些，在洞穴深处度过冬天。深秋季节，牧人们也会挖开鼠兔洞穴，寻取鼠兔储备起来的蕨麻和野胡萝卜，我的牧人朋友家的一个牧童说，一些大的鼠兔“储备库”，可以挖到足有一驮子的蕨麻或野胡萝卜。

在青海湖畔采风，向家乡的一位老人聊及此事，老人

雪雀

科属：雀科，雪雀属。有藏雪雀、白腰雪雀、棕颈雪雀、褐翅雪雀等种群。

习性：栖息于海拔2500米—5200米的高山、草原、荒漠、裸岩。分布较广，数量颇多。夏季和繁殖季节多成对活动，冬季常集小群活动，且随季节的变化，亦作范围不大的垂直迁徙。于地面取食，冬季结成大群。

分布：喜马拉雅山脉、青藏高原及中国西北部有广泛分布。

说，此鸟名中的“阿达”二字，是“鼠兔之马”之意，正是因为它带着鼠兔飞行而得名。听后恍然又惊讶，心里赞叹民间真有高人。南喀诺布作为享誉世界的藏学大家，只用民间语言的发音拼写出了这一鸟名，却没有明了其意，因此出现了一个同音的别字。

在我的家乡环湖草原上，雪雀的种类很多，常见的有藏雪雀、白腰雪雀、棕颈雪雀、棕背雪雀、褐翅雪雀等，它们之间的区别很细微，几乎很少有人能够分辨它们。但草原上的牧民却能够区分它们，并给了它们不同的命名。比如白腰雪雀,藏语为“阿达”或“扎达”,意思是鼠兔之马，棕颈雪雀，藏语叫“扎喜”，意思是鼠兔之鸟——藏语里的这些名字，一下子让人联想到在《尚书》《山海经》等古籍中记载的“鸟鼠同穴”。这一记载，显示出古人对西部大荒中雪雀与鼠兔同居一穴的现象感到甚为新奇，便写入了史册。其实,当地牧民早就发现了这种鸟儿与鼠兔之间的关系，如南喀诺布先生所描述的一样，在草原上流传着关于雪雀与鼠兔的诸种说法与传说。

古籍中的记载与藏族民间的传说高度重合，这样的巧

合让我心生好奇，于是我在乡野间行走，在故纸资料里查询，寻找雪雀的踪迹，其结果却让我大吃一惊——在古籍与民间对这种鸟儿有着诸多的命名，而每一个名字后面，都掩藏着一段历史。

先从一些史料说起，说说“鸟鼠同穴”这个词。

根据有关资料，“鸟鼠同穴”这个词最早见于《尚书》，该书中有“导渭自鸟鼠同穴，东会于沣，又东会于泾”的记载。在这里，“鸟鼠同穴”是一个地理名词，指的是一座山。那么，这座山在哪里呢？因为提到了渭河，又说明了这座山所在的位置是它的源头，由此人们推断它就在甘肃渭源一带，但此说一直有争议，至今，此山的确切位置一直是个谜。

在此前的古籍中提及这座叫“鸟鼠同穴”的山，都没有说明为什么要把一座山叫作“鸟鼠同穴”。据专家考证，对这一叫法做出解释的，当属《洛阳伽蓝记》一书，在该书卷五中有“其山有鸟鼠同穴，异种共类，鸟雄鼠雌，共为阴阳，即所谓鸟鼠同穴”的记载，这种说法，虽然玄乎，但它指明了这座山之所以叫作“鸟鼠同穴”，是因为在此地发现了“鸟鼠共居一穴”的现象而得名。

再后来的一些文献里，还出现了“鸟鼠同穴”到底是一座山还是两座山的争议。有些记载认为，“鸟鼠同穴”是“鸟鼠”和其附近的“同穴”两座山的名字，又有史料即刻纠正此说，如《禹贡锥指》，便认为“鸟鼠同穴四字为一山之名”。

上述记载中，虽然已经有了“异种共类，鸟雄鼠雌，共为阴阳”这样充满想象力的说法，但都没有提及所谓“鸟鼠同穴”指的是哪一种鸟，哪一种鼠。

据史料，在《元和郡县图志·陇右道上》中，有“鸟鼠山，今名青雀山”的记载，可以说，这一记载首次提及“鸟鼠同穴”中的鸟，叫作“青雀”，那么，“青雀”又是什么样的一种鸟呢？

在明顾起元《说略》中出现了这样一条记载：“今鸟鼠同穴山在渭源县二十里，俗呼为青雀山，实有鸟与鼠同处于穴，又

甘肃永昌卫山中亦有此异鸟，则灰白色，夷名本周儿”——就在人们追溯青雀是什么样的鸟儿的时候，这条记载大致描述了它的样子，却又给它换了个名字。接着，这种被称作是“夷名”的名字，又出现在其他史料中，却又是不同的叫法。在清方观承《从军杂记》中说：“鸟鼠同穴，科布多河以东遍地有之。方午鼠蹲穴口，鸟立鼠背，鼠名鄂克托奈，译曰野鼠，色黄。雀名达兰克勒，译曰长胫雀。”

除了这些“夷名”，在史料中也出现了端庄正式的汉语名字，例如在《尔雅·释鸟》中，有“鸟鼠同穴，其鸟为鵌，其鼠为鼵。”，这两个笔画繁杂的汉字，似是专门为“鸟鼠同穴”之“鸟鼠”而创造。

如今的科考和田野调查，愈来愈证明，《尚书》《山海经》中记载的“鸟鼠同穴”，并非猎奇的怪谈，在青藏高原，这是一种

常见的普遍现象，只是其中的“鼠”，是一种兔目动物，在青藏高原上有藏鼠兔、喜马拉雅鼠兔等。但在民间却好像认定这种兔目动物为“鼠”。鼠兔对草原造成了极大破坏，因此在青藏高原的草原上也一直进行着“灭鼠运动”——其实就是针对鼠兔的——即便是官方,也把它称之为“鼠”。

如此，从“邪乎儿”到藏学大师南喀诺布提及的“阿达嘎玉”，再到古籍中记载的青雀、本周儿、达兰克勒，还有藏语中的“扎达”“扎喜”以及那个繁杂的汉字“鵌”，这种在草原上极为普通的鸟儿，因为自己不同于其他鸟类的“异常”行为,在人类中,却有了如此众多的说法与叫法。

3

翌日，陪孙频前往青海省贵南县沙沟乡石乃亥村去采风，准备出发的头天晚上，收到了次日将与我们一同前往的央金发来的信息，是贵南县未来几天天气预报的截图，一连串滴着雨滴的云朵，云朵下方标出的气温只有几度。刚过立夏，微信朋友圈里不时看到南方或内地的朋友们炎热难耐的各种感叹、无奈和沮丧，同时也看到身处青海大地的人们对夏天的渴盼。一个西宁女孩儿发了一条文字消息：西宁的夏天什么时候来啊！后缀是几个流着眼泪的表情图像。的确，今年青海的夏季极为异常，在不该热的4月忽然热了几天，温度从摄氏几度一下窜到30多度，之后便又回落到了十几度的样子，并且阴雨连绵，一副南方梅雨季的样子,真正的“夏至未至”。看到央金发来的信息，便想到了微信朋友圈里的那个女孩儿，正是爱美的年纪，一直盼着穿上漂亮的裙子，可是，夏天却没有来，抑或说，已经来临的夏天却依然是高原初春的模样，似乎忘记了自己应该有的温度。就像一个发育期的少女，俨然不知自己的身体已经悄然发生了许多变化，留着羊角辫，依然是满脸的天真。

第二天，果然是阴雨天，我们乘坐的汽车在大雨中行进，挡风玻璃上的雨刷器快速地挥动着，而车内也起了一层雾气，粘连在车窗玻璃上。被大家叫作“韦小宝”的司机不得不打开车窗，让雾气消散，同时也不得不让外面湿冷的空气窜入车内，甚至也有一些大胆的雨滴也伺机钻进

来，在他的衣领和肩膀上留下一小片湿痕。

我们的汽车带着一种逃离的心情驶出了西宁，沿着宁贵公路一路向西，便进入了拉脊山的腹部。

拉脊山是横亘在青海贵德县境内的一座大山，其主峰制高点海拔近 5000 米。据说，山头曾经有一座拉泽（藏地祭祀山神之所在）；拉脊之名，就是拉泽的另一汉语记音，拉脊山由此得名。如今，拉脊山主峰上又重新修了一座“拉泽”，高大雄奇，叫“宗喀拉泽”。

拉脊山隧道是近几年修建贯通的，全长 11 公里，是青海最长的公路隧道。我们的汽车进入隧道，像是一只蠕虫隐没在大山的身体里，穿肠而过，随即便从大山的另一头钻了出来。

过了拉脊山，眼前豁然洞开。阴雨不见了，明亮的天光预示着天气将放晴，我们一车人一下子心情大好。

果然，当我们的车行驶到贵德县城时，云开雾散，似乎是历经了一场突围的太阳显得有些疲累，拖着几缕云丝，出现在一小片蓝天上，云团感受到了太阳的执着与威猛，放弃了方才对太阳的合围，悄然四散。

出了贵德县，汽车开始爬坡，路畔的庄禾渐渐消失，取而代之的是一片草原。农牧过渡地带，刚刚脱离了农业风景的草原依然遗留着某些田野的样貌：平缓的斜坡，被风从田野上吹来的一些油菜籽儿落在了草丛间，长出了枝叶，开出了油菜花。那花儿之前已经习惯了人类的饲养，忽然遗落在无人管护的野草中，显露出了几分惊恐和不适，在生机盎然的野草丛中小心又低调地摇曳着羸弱的金黄，不再是油菜花地里那种大片的妖艳和霸气。但很快，野花出现了，大片的狼毒花在无边的绿意中渲染出一片白色，淡粉或紫红的马先蒿则使草原有了色彩和层次，还有星星点点的蒲公英，就像是一个个黄金的星星，耀眼地闪耀着，让那原本就为数不多的油菜花更加显得没有底气，似乎不敢声张自己也是金黄色的。

孙频是第一次来青海，见到不时出现在车窗外的大片迥异于城市、乡村的风景有些新奇，我们也有意让她欣赏到这些，在路过一片开满了狼毒花，还有一大群牦牛悠闲食草的草原时，我们停了下来。

太阳似乎懂得我们的心情，放射出一道道光芒，驱赶走了在它身边试图遮住它的几朵乌云，把一片阳光斜斜地洒在我们脚下的草原上，似是一个好客的牧民，把家里熬煮好的酥油茶端到了客人面前，滚烫而又热情。

在野花与牦牛的草原上，牧牛的汉子斜依在一片向阳背风的草坡上，从这里放眼望去，方圆几十里再看不到第二个人影，这使牧牛汉子污脏的圆顶遮阳帽下的那张黝黑的脸有了几分王者的威严。孙频走过去，与牧牛的汉子聊了起来。她是一个对待写作极为虔诚的作家，她深信只有生活才能够滋养写作。这次来青海，她是想跳出惯有的写作范畴，尝试开拓新的写作领域。她几乎不放过任何一次了解这片土地的机会，从来到青海的当天起，便开始行走，访谈。她深知她将如何出发，又如何抵达。

就在离孙频与牧牛汉子不远的地方，我拿起手中的相机，把镜头对准了一簇狼毒花，而就在此刻，从我的镜头的景深里，我看到一只鸟儿飞过的模糊身影，同时也听到了熟悉的鸟叫声，那是白腰雪雀的声音，也就是小时候我从家门前的“当”抛开那些觅食的麻雀，走向草原的时候，

经常见到的鸟儿，于是，我拿起相机，循着声音走去。

我很快发现了那只鸟，那只鸟儿也很快发现了我。只见它急促地鸣叫着，飞向远处，但很快它又飞到了离我不远的地方，扑棱着翅膀，做出各种惊恐状。它的行为也惊动了另一只鸟儿，这只鸟儿不知从哪里飞来，落在先前那只鸟儿的身边。它们似乎互相交换了一下眼神，后来的鸟儿便也紧张起来，它们鸣叫着，急切地点头，翘尾，动作默契。显然，它们是一对鸟夫妻，前者是丈夫，后者是妻子。或许是因为妻子的到来，丈夫想在妻子面前显摆一下，做出了一个意外的举动：它忽然向我靠近，不是飞，而是迈着碎步跑，瞬间就进入了我的镜头“打鸟”的射程，我即刻按下了相机快门。与此同时，我也意识到，这一对鸟儿的异常行为，是因为它们的幼鸟就在近处。于是，我停下来，稍稍后退了几步，开始观察它们。很快，它们飞向一个草原鼠兔的洞穴处，一只小鸟即刻从洞中爬了出来。小鸟显然以为是父母为它衔来了吃食，张开嘴喙迎向父母，才发

现它们的嘴喙里空空如也。我急忙蹲伏在地上，小心迈动着步子，几乎以匍匐的方式慢慢靠近，并把相机架了起来。但警觉的鸟夫妻很快发现了我，我还没有来得及按下快门时，它们便飞走了，留下那只小鸟愣怔着，依然待在原地，仿佛方才它的爸爸闯入我镜头的样子，我急忙把它拍了下来。而就在此时，奇迹出现了。一只鼠兔幼仔从方才小鸟爬出的洞中探出了头，原本站在洞口的小鸟从愣怔中回过神来，转头看了一眼小鼠兔。

“得来全不费功夫”，我大喜过望，轻松地按下快门，拍下了这幅雪雀与鼠兔同框的画面。

在《尚书》《山海经》等古籍中频频提及“鸟鼠同穴”，古往今来，许多人认为这只是《山海经》这样的玄幻之书的猎奇之说，也有人以讹传讹，说它们是鸟鼠同体，或说它们是互为雌雄。其实，这只是大自然动物之间的一种共生现象，它们相互合作，达成了如何摄取食物，如何预防天敌的利益关系。我从小就看到过雪雀和鼠兔之间的这种关系，可以说对这一现象熟视无睹。但当我向人们谈及此事时，许多人表示难以相信，于是，我也一直想拍下一张照片来证明。虽然雪雀与鼠兔形影不离，但真的拍一张让它们同框的照片却也不是容易的事，而这一次，却就这样轻而易举地拍到了，所以我说“得来全不费功夫”。

除了“鸟鼠同穴”现象，雪雀还有一种奇怪的行为，便是经常打架。

约翰·巴勒斯曾经详细地记述过一对知更鸟的雄鸟在草地上相互追逐、打斗：“它们举止尊严，彬彬有礼”，继而它们飞上天空，“嘴喙相对，爪子相对”，但它们并没有大打出手，一阵打斗之后，双方“羽毛完好无损”。

小时候，我就经常见到雪雀一对一地打斗起来，它们的行为一如约翰·巴勒斯所描述的那一对知更鸟，但似乎比知更鸟更激烈一些，在它们打斗时，甚至顾不上有人接近它们。有一年初秋，一家电视台到我的家乡录制一台节目，去了我家乡的一处古城遗址，我作为嘉宾跟随他们一同前往。就在古城遗址中拍摄画面时，我便看到了一对正在打斗的白腰雪雀。那一天我刚好带着相机，便急忙跑过去，

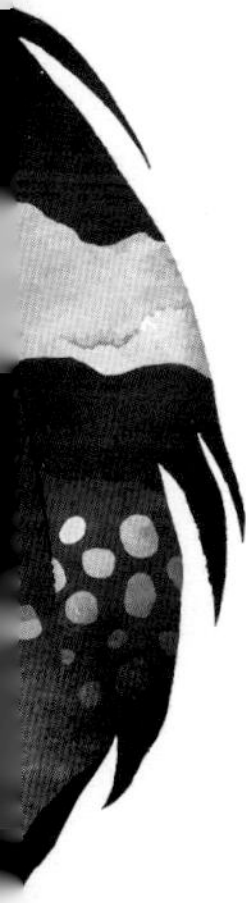

把镜头对准了它们。它们对我的镜头毫不在意，专心致志地投入到了打斗之中，看上去是那样的执着、坚决、互不相让。它们在地上抱成一团,用各自的嘴喙和爪子攻击对方，继而又飞到离地面一米高的空中，依然不停地打斗着。有时候，我的镜头离它们只有四五米远，它们毫无惧色，全身心地沉浸在打斗之中。但它们显然又是克制的、隐忍的，正如约翰·巴勒斯所描述的那样，尽管它们一刻不停地纠缠在一起，但它们的“羽毛完好无损”，更没有出现流血的事情。它们的打斗似乎有些虚张声势——表面上所表现出的那种互不相让，甚至要置对方于死地的气势，却并没有造成任何后果，直到它们忽然停下来，各自飞走。

那么它们为什么打斗，又为什么让这种打斗像是一场精彩的表演，难分真假？约翰·巴勒斯认为，这种打斗，是雄鸟间为了得到雌鸟而进行的比试,在这样的比试中,“雄鸟们似乎进行了它们之间的所有决斗”。但这位自然文学大师的话并没有解除我的疑惑。首先，我难以确定打斗的双方都是雄鸟——雪雀的雌雄，不像其他鸟儿那样有明显区别。再者，即便是在寒冬，在雪地里，仍然能够看到打斗

不止的雪雀。按照常理，雄鸟之间的打斗，最有可能发生在求偶期。在寒冷的冬天，离求偶期尚远，它们又为何打斗呢？我曾就这个问题请教有关专家，专家也没有给出具有说服力的答案。

那一天，拍到了雪雀与鼠兔同框的画面，我兴奋不已。上了车，我特地打开相机的显示屏，给孙频看我拍到的画面，并不厌其烦地给她讲起了“鸟鼠同穴”的故事，同车的伙伴们都听得入迷，开车的师傅“韦小宝”，还让我把照片发给他，说他要发一个朋友圈。

是夜，我们到了我们要去的目的地，青海省贵南县沙沟乡石乃亥村。孙频要在这里进行采访采风，写一篇自己之前从未涉及过的高原藏族体裁的小说，这样的写作尝试，是她向自己提出的挑战。她让我肃然起敬。我们在主人的带领下走进生了火炉，洋溢着温暖的屋子里，围坐在火炉旁，准备吃饭时，孙频告诉我，她已经通过网络，查阅资料，基本了解了“鸟鼠同穴”的来龙去脉。